# ENTRE LOS MUERTOS

## Carmen Hernández

Reservados todos los derechos. No se permite la reproducción total o parcial de esta obra, ni su incorporación a un sistema informático, ni su transmisión en cualquier forma o por cualquier medio (electrónico, mecánico, fotocopia, grabación u otros) sin autorización previa y por escrito de los titulares del copyright. La infracción de dichos derechos puede constituir un delito contra la propiedad intelectual.

El contenido de esta obra es responsabilidad del autor y no refleja necesariamente las opiniones de la casa editora. Todos los textos e imágenes fueron proporcionados por el autor, quien es el único responsable por los derechos de los mismos.

Publicado por Ibukku
**www.ibukku.com**
Diseño y maquetación: Índigo Estudio Gráfico
Copyright © 2021 Carmen Hernández
ISBN Paperback: 978-1-64086-976-9
ISBN eBook: 978-1-64086-977-6

*Dedicado a mí hermana, Brenda Hernández.*

# 1

El calor de esa mañana era impresionante, lograba traspasar hasta las paredes de la habitación más fresca, el sol se encontraba en su punto más alto. Los rayos del sol, apuntaron hacía su rostro e hicieron salir de la cama a Mateo. Sudoroso, vistiendo una playera blanca y bóxer, cabello castaño un tanto alborotado, bajó a desayunar con su madre. Sentado frente a la mesa, sin prestar atención a nada más que a su celular, comía un plato de cereal, en la pantalla que se encontraba en el comedor, se escuchaban las noticias:

*"Fuerte golpe de calor en el país, el verano más caluroso de los últimos 20 años."* – decía la mujer del noticiero

Mateo sostenía con una mano el teléfono, mientras que con la otra llevaba la cuchara a su boca. De pronto, el celular le fue arrebatado de las manos.

—¡Hey! ¿Qué pasa?- Miró a su madre y extendió los brazos como reclamo.

—Llevo diez minutos hablando sola, te he dicho que no puedes tener el teléfono en la mesa. Tú y tu hermana no sueltan esa cosa para nada, apúrate que se te va a hacer tarde.

Mateo movió la cabeza de un lado a otro, puso los ojos en blanco en señal de fastidio; se levantó de la mesa y se retiró.

Unos minutos más tarde, salió de casa rumbo a la escuela. El camino se volvió un fastidio, el calor era insoportable y dentro de los túneles del metro, la temperatura aumentaba. La última parte del recorrido normalmente le parecía corta; pero ese día se sentía interminable. La frustración lo hacía sentir que la mochila le iba a romper la espalda, aunque estuviese casi vacía. Por fin, los quince minutos más largos del recorrido habían terminado y llegó a la universidad.

Como era su costumbre, llegó tarde a clase. Mateo no era el estudiante ejemplar; pero tampoco era el peor. Tomó asiento a mitad del salón, en el banco vacío junto a Nicole. Ella, por el contrario era una chica muy tranquila, la más inteligente de la clase, cabello hasta el hombro, color castaño claro y ojos azules. Sus padres, eran parte de un corporativo importante; por lo tanto tenía un status económico considerablemente bueno. Mateo y Nicole, eran muy cercanos; estaban juntos desde la primaria, además eran vecinos. Se cuidaban uno al otro como hermanos y el hecho de que toda la vida los hubieran relacionado como algo más, les hacía mucha gracia.

—¿En qué tema van?- dijo Mateo en voz baja.

Nicole lo miro molesta, acercó el cuaderno para que este pudiera tomar apuntes- de verdad Mateo, insisto, te haré venir conmigo a idiomas para que llegues antes.

—Lo estoy considerando de verdad, pero también existe la posibilidad de que yo te haga llegar tarde- bromeó Mateo.

—Eso nunca va a pasar, créeme.

Las horas transcurrieron rápidamente; entre ir de un lado a otro del campus, pasar tiempo en la biblioteca y algunos minutos de descanso en los jardines. Llegaron a su última clase, la que mayor atención le llamaba a Mateo. Tenía un interés enorme en trabajar con todo tipo de animales; sin embargo, su máximo sueño era poder trabajar con tortugas, enfocarse en su comportamiento y programas de reproducción.

La clase de zoología comenzó. Peces no era su tema favorito, pero lo aprovechaba al máximo.

—Familia Tetraodontidae, presenta escamas modificadas en forma de espinas, dientes en dos placas, habitan en zonas tropicales y son peces que producen veneno, un ejemplo de esta familia es el pez globo.

—¿Qué tan venenosos son?- interrumpió uno de los alumnos.

—Bueno, pues su veneno puede ocasionar diversos síntomas entre los que podemos mencionar: parálisis muscular, tal vez insensibilidad y en algunas ocasiones hasta la muerte.

La plática sobre el veneno que producían estos peces provocó controversia a la clase, pues la explicación se extendió el tiempo que restaba de ella.

—OK, gracias al tema de hoy estoy más convencida que nunca, que quiero dedicarme a la genética.

Mateo hizo una cara burlona- Vamos, que no es tan malo, además, sabes que las probabilidades de que nos pase eso en campo son prácticamente nulas.

—Bueno, ya te arriesgaras tú en un futuro, a mi déjame tranquila en un laboratorio.

Ambos regresaron juntos a casa, después de un largo día; Mateo decidió jugar por un par de horas videojuegos y escuchar música en su habitación

Miró el reloj, se estaba haciendo tarde, se preparó algo para cenar y comenzó su tarea. Eran alrededor de las dos de la mañana y aún no terminaba; se levantaba, se estiraba, giraba en su silla; con los ojos cansados seguía leyendo los artículos que le habían pedido, se separó de la computadora un momento, se recargó en su silla y cerró los ojos. Cuando comenzaba a dormitar, sonó su celular, provocando que diera un pequeño salto de la silla.

En el grupo de *WhatsApp* de la clase, habían enviado un link, Mateo tomó su celular, leyó el mensaje y lo ignoró. Se sentía muy presionado, además, de cansado, colocó nuevamente el celular en el escritorio y continúo con su tarea.

Había pasado una hora más, el sonido de las manecillas del reloj que se encontraba en la pared, y de las teclas cada vez que este escribía, era lo único que lograba escucharse en la habitación. Comenzaba a fastidiarse, la espalda le dolía de estar sentado, se movía de un lugar a otro con la laptop; de la cama, al sillón, del sillón a la cama, pronto empezaban a cerrarse sus ojos del cansancio. Se levantó de la cama, puso un poco de música para distraerse; miró su celular unos minutos para ver que había en redes sociales y no encontró nada,- ¡Pues claro!, ¿Quién va a estar despierto a las cuatro de la mañana?, todos están seguramente plácidamente dormidos- pensó.

No podía más con el sueño que sentía, recordó el link que habían enviado horas antes, lo abrió por curiosidad y para olvidar las ganas de dormir que tenía. Comenzó a leer, era un artículo sobre el veneno del pez globo, el articulo parecía interesante, siguió buscando información y se encontró con una página en la que el veneno del pez globo era utilizado como complemento de otras plantas, que producían el llamado "polvo *zombi*"; esto ocasionaba que la persona perdiera todo control de su cuerpo o su voluntad, y se transformaban en esclavos. Era utilizado por algunas culturas.

Sin darse cuenta, Mateo se había quedado dormido, estaba recostado sobre el escritorio con los brazos cruzados. El celular resbaló de sus manos y despertó de golpe, se sintió aliviado pues sus sueños no estaban siendo agradables; haber leído tanto sobre el "polvo *zombi*" le había ocasionado pesadillas. Se levantó de la silla, entró al baño, se lavó la cara para reaccionar, ya que aún tenía la sensación de no estar totalmente despierto, regresó a la computadora, terminó su tarea y se recostó para al fin poder dormir.

Mientras se dirigía a la escuela, el cansancio y el calor provocaron que Mateo se sintiera somnoliento. Intentaba mantener la cabeza erguida sin tener éxito; pues parecía no tener fuerza. Entre sueños escuchó quejidos y gruñidos extraños; vio la imagen de un hombre pálido, casi calvo y los ojos totalmente blancos, acercándose a su cara, lo que provocó que despertara asustado. Colocó sus manos sobre su cara y echó la cabeza para atrás, como si eso le ayudara a tomar un poco más de aire, e intentó fingir que no había pasado nada, por pena a que los demás pasajeros lo miraran. Sin embargo, un par de chicos que aparentaban unos años más que él, ya estaban burlándose desde el otro lado del vagón intentando ocultar la risa.

Al llegar a la última estación seguía inquieto por los sueños que tenía. Mateo era un chico al que le costaba mucho trabajo soltar una idea o pensamiento, una vez que algo entraba en su mente podían pasar horas hasta que lo olvidara u otra de mayor intensidad le sustituyera.

Una vez en la escuela, se encontró con Nicole y dos amigos más. Sebastián, el mejor amigo de Mateo, junto con su novia Elizabeth.

—¡Vaya carita traes!- Nicole le dio un pellizco en la mejilla a Mateo.

—¿Qué pasa?, ¿Te costó mucho la tarea de botánica?- se burló Sebastián, imitando a Nicole.

—Creo que sabes la respuesta, soy pésimo con las plantas, además me distraje con el link que mandaron anoche.

—¿Lo leíste?, La verdad estaba interesante, además conocer todos los usos que le han dado; incluso en medicina- Elizabeth se colocó al lado de Mateo para platicar con él.

—Pues, con la cantidad de tarea que teníamos preferí ignorarlo- Dijo Nicole bufando y levantando sus hombros.

Los demás chicos comenzaron a reír.

Estaban a una semana de salir de práctica a Veracruz. Era algo que Mateo esperaba con ansias porque al fin tendría contacto directo con fauna. Los cuatro se sentaron en las escaleras fuera de la biblioteca a organizar todo para ese día.

# 2

El día de la práctica llegó. Eran las siete de la mañana, todos se encontraban en la entrada principal con sus cosas. Mateo se despedía de sus padres; uno a uno subieron al autobús.

Ya en el camión, Mateo tomó lugar junto a sus amigos, Elizabeth con Sebastián, estaban sentados detrás de él y Nicole.

Llegaron al primer punto del trayecto, un lugar con mucha vegetación. Al final del recorrido una enorme cascada; el trabajo ahí fue muy pesado, vieron algunos pequeños mamíferos, tarántulas, lagartijas, etc.

Mateo estaba muy entusiasmado con todo lo que estaba aprendiendo sobre distintas especies. Estuvieron ahí hasta que obscureció. El trayecto de regreso al autobús era más complicado, en medio de la obscuridad, iluminados únicamente con lámparas; la temperatura empezó a bajar drásticamente, al caminar se podía notar el vapor saliendo de sus bocas cuando hablaban. Todos se estaban congelando.

—¡Vaya que hace frío!, ojalá pronto lleguemos al autobús- Elizabeth decía, temblando.

Mateo caminaba delante de sus amigos, disfrutaba el frío y la experiencia. Pronto escucharon ruido de autos, estaban cerca de la carretera y por lo tanto cerca del autobús; apresuraron el paso.

Faltaban solo un par de horas para llegar al puerto, todos tomaron su lugar, comieron algo, después de algunos minutos la mayoría se quedó dormido. Mateo miraba por la ventana el pequeño camino que recorría el camión, entre las montañas, completamente oscuro, solo con árboles a su alrededor. Sus pensamientos fueron interrumpidos por una voz.

—¿Te imaginas? ¿Estar allá afuera en este momento?- preguntó Nicole, que observaba a Mateo muy concentrado en el camino.

—No sé, es extraño, durante el día estar en un bosque es una experiencia sorprendente, pero de noche lo hace algo tétrico. Aunque sinceramente, sería algo que me gustaría experimentar.

—Estás loco, yo me moriría de miedo- reía nerviosa Nicole.

Mateo comenzó a inventar una historia de miedo, ambos hablaban en voz baja para no ser escuchados, hasta que Nicole le pidió que parara, pues comenzaba a asustarse, tan solo de imaginar lo que Mateo le decía.

La mayoría del grupo se quedó dormido. Mateo llevaba los audífonos puestos, estaba dormido, recargado sobre la ventana y con los brazos cruzados. Uno de los chicos del grupo aprovechó que los demás dormían para grabarlos y tomar fotos sobre las caras que hacían, para después burlarse. Román, era el pesado del grupo. El chico había cursado esa materia al menos dos ocasiones. El joven, de complexión delgada, cabello quebrado de color negro, siempre con sonrisa fanfarrona, había recorrido prácticamente todo el camión junto con su amigo Miguel, de estatura más baja que él; barbilla pronunciada y cabello castaño. Ambos habían tomado fotos de todos sus compañeros; tenían ya una amplia colección de imágenes que usarían posteriormente para subir a redes. Se acercaron a donde se encontraba Mateo. Se notaba inquieto, comenzó a apretar un poco los ojos, una y otra vez; cuando los abrió, se encontró con el rostro y la cámara de Román justo frente a él.

—¡Mierda! ¿Qué carajo haces aquí?- gritó Mateo a su compañero, muy molesto y por inercia lanzó un manotazo, tirando el celular de las manos de su acosador.

—¿Qué te pasa tarado?, solo estaba jugando-expresó Román molesto, y dando un empujón en el hombro a Mateo, mientras Nicole intentaba separarlos.

—¡Cálmate Román! Que lo tienes bien ganado, estamos todos muy cansados como para además tener que soportar tus bromas- dijo Nicole.

—Lo siento, es solo que no esperaba despertar y verte aquí- intentó explicar Mateo.

—Ok, olvidemos lo que pasó entonces, pero si algo le pasa a mi celular te haré responsable-bromeó un poco más tranquilo Román.

—¡Por favor contrólense! Ya vamos a llegar, compórtense como los adultos que son- dijo el profesor molesto por el ruido que estaban haciendo.

Román y Miguel regresaron a su lugar, Sebastián se acercó para ver si Mateo se encontraba bien, este simplemente afirmó con el pulgar arriba.

—Algún día, tendrás que dejar de defenderme- miró Mateo a Nicole un poco serio.

—Entonces, un día tendrás que aprender a defenderte solo- respondió Nicole burlona.

Mateo entrecerró los ojos mirando a Nicole como si estuviera ofendido, y se colocó nuevamente los audífonos.

Después de una hora, por fin llegaron al puerto, bajaron del camión y se dirigieron al hotel. Mateo y sus amigos se quedaron en la misma habitación, desempacaron un poco.

—Pues vamos a cenar, ¿no?- sugirió Elizabeth.

—Sí, vamos.

Pasada la cena, caminaron un rato por el malecón, se acercaron a la playa, se sentaron frente al mar con algunas cervezas, mientras platicaban sobre sus proyectos de vida.

—A ver, yo quiero dedicarme a la genética, aún no tengo un área determinada pero me interesa el papel de los genes en enfermedades heredadas, y ojalá un día pueda hacer una investigación sobre ello- dijo Nicole.

—Pues yo realmente no tengo muy claro el área a la que quiero ir. Quizá algo de botánica o recursos naturales, aún no decido, ¿Y tú Mateo?- preguntó Sebastián, señalando al chico, con la lata de cerveza que sostenía en su mano.

—Pues, yo si lo tengo bien claro, será etología y reproducción de tortuga marina.

—Si me lo preguntan a mí, primero quiero asegurarme de pasar todas las materias de este semestre y después ya pensaré en mi futuro.- Todos rieron con el comentario de Elizabeth.

Una chica del grupo, se acercó a ellos y los invitó a tomar un par de cervezas en una de las habitaciones, los chicos aceptaron. En la habitación había como quince personas, un rato después, Nicole y Elizabeth se fueron a su habitación; la fiesta se extendió hasta casi las cinco de la mañana, Mateo estaba con Sebastián en el balcón platicando, cuando se escuchó que tocaron la puerta, bajaron el volumen de la música. Cuando abrieron la puerta era una de las chicas del grupo, todos respiraron aliviados ya que pensaban que era el profesor.

—Recojan sus cosas. Dice el profesor que nos ve en una hora en el lobby, tenemos que regresar ahora mismo a la ciudad- dijo un poco preocupada.

—¿Por qué?

—No lo sé, es lo único que nos dijo, los chicos están avisando a los demás.

—Ok, en un momento bajamos.

Mateo y Sebastián fueron a su habitación a despertar a las chicas, al entrar, ellas ya estaban acomodando sus cosas.

—¿Ya les dijeron?- se apresuró a preguntar Sebastián, mientras ayudaba a Elizabeth a cerrar su maleta.

—Sí, Sonia estuvo aquí hace unos minutos, pero ¿qué fue lo que pasó?-respondió Nicole

—No sabemos, estamos igual de confundidos que ustedes.

Bajaron al lobby, el profesor explicó que era necesario que regresaran a la escuela, la universidad había pedido cancelar todas las prácticas, al parecer estaba ocurriendo algo que desconocían en el país y era preferible llevarlos a casa.

—¿Sabe que es lo que está pasando realmente profesor?- preguntó Nicole

—Pues la verdad, no tengo mucha información, se habla de una especie de epidemia en algunos puntos del país, pero nada confirmado, así que no hay que alarmarse, solamente estamos siguiendo indicaciones por precaución. Avisen a sus padres para que puedan ir por ustedes- se notaba la incertidumbre e incredulidad del profesor.

Las preguntas siguieron, todos estaban desconcertados, pero el profesor prefirió no responder más y subieron todos al camión.

—¿Qué piensas que esté pasando Mateo?- preguntó Nicole.

—No lo sé, pero siento que el profesor nos está ocultando algo.

—¿Crees que sea mentira?

—No, solo que no es normal que de pronto cancelen todo y nos hagan regresar, eso ha pasado cuando la universidad considera que de verdad nos está poniendo en peligro.

—Mmm, igual y solo es algo como lo de hace algunos años, ¿no crees?

—Espero que así sea, solo algo pasajero, que se pueda controlar; pero veo al profesor muy preocupado y eso es lo que me inquieta.

Después de un viaje de seis horas, regresaron a la escuela, los padres de Mateo lo recibieron con un abrazo, y este respondió de la misma manera. Todos los padres se veían preocupados, no demoraban mucho en irse, aunque no tuvieran medio para transportarse. Los padres de Nicole se despidieron a lo lejos de la familia de Mateo, la abuela de Elizabeth fue por ella y Sebastián en un taxi. Mateo y sus padres subieron al auto.

—¿Y mi hermana?- preguntó angustiado.

—En casa de tu abuelo, estaba llegando a la escuela y los enviaron a todos a casa. Hay mucho tráfico en la ciudad, hubiéramos tardado horas en ir de polo a polo por ambos, y preferimos que no saliera de allí hasta que sepamos qué es lo que está pasando- respondió su madre.

—¿No sería mejor ir por ella?

—Vamos a ver como siguen las cosas, que dicen en las noticias y mañana vamos por ella, no te preocupes, estará bien, con tu abuelo y tus primos- Decía tranquilo su padre.

—¿Saben que está pasando?

—¿No se los dijeron?

—No, solo nos dijeron que había una especie de epidemia en el país.

—Sí, algo así, al parecer en Monterrey se presentaron algunos casos extraños de fiebre, entre otros síntomas. Ya se habla también de muertos- intentaba explicar su padre.

—¿Pero solo así, tan pronto?

—Nosotros estamos igual de sorprendidos, por la noche a penas se hablaba del posible nuevo virus y hoy en la mañana cancelaron todas las actividades, dicen que se está extendiendo rápidamente, porque hay casos similares en otros estados, pero nada concreto aún- su madre miraba hacia el asiento trasero.

—No sé, sinceramente comienzo a dudar de la veracidad de todo esto.

—Lo sabemos hijo.

La familia de Mateo tardó cuatro horas en llegar a casa, en un trayecto que normalmente hubiera sido de cuarenta minutos en auto. Al llegar a casa los tres comieron algo, después cada uno se fue a su habitación para intentar olvidar un poco lo que estaba pasando.

Mateo se tiró en su cama, y revisó su celular, comenzó a hablar con sus amigos, entre las curiosidades que encontró fue algunas publicaciones y noticias sobre el virus en el país. Efectivamente lo que habían dicho sus padres era cierto, el virus comenzaba como fiebre, en ocasiones se presentaba adormecimiento en partes del cuerpo, taquicardia y en algunos casos la muerte. Algunas páginas mencionaban que era el apocalipsis, otros hablaban de caníbales, ataques terroristas, etc.

Mateo pensó que eso era una broma de mal gusto, el ocio de algunos estaba haciendo de esto una burla, platicó con sus amigos y todos opinaban lo mismo; era una broma, eso solo sucedía en las películas, muerto de la risa de lo que acababa de ver —Sí claro, ahora bienvenidos de *The walking dead*, ¿no?- dijo, pensando en voz alta.

Prefirió entrar a YouTube para ver algunos videos de música, todo esto lo estaba poniendo tenso, dentro de los videos sugeridos encontró uno con el título "Todo sobre la catástrofe, en vivo", aunque el video era una especie de programa de radio, solo tenía audio.

*"Así es Pablo, hay muchos rumores acerca de este nuevo virus, en las redes sociales ya comenzaron a circular imágenes y artículos de supuestos ataques de canibalismo, el gobierno no tardó en dar respuesta a estas publicaciones, ha pedido al país que no se alarme, eviten la divulgación de falsa información y los medios de comunicación amarillistas. Pese a los comentarios del gobierno, las autoridades han reportado que la ciudad se encuentra en completa calma, pero se aprecia un evidente clima de pánico en la ciudad, los supermercados siguen abarrotados y la policía sigue invitando a los ciudadanos a que regresen a sus casas."*

Mateo tenía un gran sentimiento de incertidumbre ante lo que estaba pasando, ningún medio brindaba información clara, tenía una sensación extraña de miedo ante algo que no conocía, sabía que debía cuidarse pero... ¿Cuidarse de qué?

# 3

Habían pasado ya tres semanas desde la alerta, la ciudad estaba completamente vacía, no se permitía salir de los hogares a menos que se tuviera un permiso especial. Cualquiera que saliera era detenido, el ejército había tenido que intervenir ante la insistencia de las personas.

Todas las noches había toque de queda, por las calles oscuras solo se veía la luz de las patrullas, y como eco, el sonido de ambulancias. Las personas salían a la calle con ciertos cuidados, sobre todo al tener contacto con otras personas, filtros de toma de temperatura; todos aquellos objetos de personas enfermas eran destruidos por completo. La ciudad se notaba desértica, lo que las noticias decían era que los únicos que trabajaban día y noche eran los médicos y enfermeras de las zonas afectadas. Aún no se sabía con exactitud qué tipo de enfermedad era, el gobierno solo mencionaba que era una especie de gripe.

El virus aún no llegaba a la capital, no se sabía de algún caso de esa famosa fiebre; pese a que los datos brindados por el gobierno eran escasos. Había mucha información filtrada en internet , suposiciones, de lo que estaba pasando, en ella se comentaba que la fiebre había llegado a Canadá, seguían apareciendo fotos y publicaciones en redes, de alerta ante posible canibalismo por parte de los infectados, imágenes de fosas gigantescas en las que se quemaban los cuerpos de los infectados, misma información que era eliminada de la red en menos de 24hrs, las redes sociales comenzaban a sancionar todas aquellas cuentas que compartieran dicha información.

La cuarta semana después de la alerta, el presidente envió un mensaje a todos los medios de comunicación, que decía:

*"Pueblo de México, nuestro país ha atravesado por un reciente evento desafortunado, una epidemia por la que todos hemos tenido que resguardarnos en nuestros hogares. Afortunadamente, hoy puedo decirles que esta situación está controlada. Los casos que se han presentado en nuestro territorio han resultado negativos y actualmente tenemos expertos que están trabajando constantemente en el tema, para seguir conteniéndolo; pero por ahora podemos estar más tranquilos, sin bajar las medidas de seguridad pertinentes, nuestro país ha hecho una excelente labor..."*

Mateo y su familia, escuchaban con mucha atención y aunque la epidemia parecía estar controlada, no se sentían seguros.

*"... Con esto me atrevo a decir, que México se encuentra fuera de peligro, por ello, a partir de mañana todos podremos regresar a nuestras actividades cotidianas, siguiendo como antes lo mencionaba, las medidas pertinentes de seguridad. Buenas noches."*

—¡Por fin! podremos traer a Maite a casa- Aliviada, gritó la madre de Mateo

—Ya era hora, espero mañana podamos regresar a la escuela, porque me parece desesperante seguir encerrado-dijo Mateo.

Mateo llamó a su hermana, acordaron que al día siguiente irían por ella a casa de su abuelo. Ella le mencionó que su abuelo no estaba muy seguro del informe que se había dado en las noticias, pero que más tarde llamaría a sus padres, para saber lo que harían. Ella tenía muchas ganas de regresar a casa, sin embargo, al otro día iría a casa de su amiga Sofía, a terminar el proyecto que tenían pendiente.

Una hora más tarde, la universidad emitió un comunicado vía redes sociales, donde mencionaba que pese a que el estado de alarma se había levantado, no habría clases hasta nuevo aviso. Esto lo desconcertó mucho, no entendía la decisión de la universidad de seguir postergando el regreso a clases. El celular de Mateo se llenó de notificaciones, algunos estaban de acuerdo en que era mejor permanecer más tiempo en casa, al igual que el abuelo de Mateo, la mayoría de sus compañeros no confiaban en las palabras del gobierno, otros decían que era mejor regresar; porque perderían el semestre o en el peor de los casos se extendería. Durante la madrugada Nicole envió un mensaje:

*"Chicos, tienen que ver lo que está pasando en YouTube..."*

El mensaje fue enviado junto con un link, que inmediatamente abrió Mateo.

En un inicio no prestó mucha atención, porque estaba jugando videojuegos, el audio estaba en inglés y su inglés no era lo suficientemente bueno, para entender lo que decían. De reojo alcanzó a ver que las imágenes parecían estarse repitiendo, una y otra vez. El video mostraba personas corriendo, lo que llamó su atención, colocó el control a un lado y tomo su celular para enfocar su atención en lo que estaba viendo. Buscó en canales de televisión americana, y en todos, había imágenes en vivo, de lo que estaba pasando en la frontera con Estados Unidos, miles de personas intentaban cruzar hacía México, como si estuvieran huyendo de algo. Las imágenes era muy fuertes; de pronto los policías comenzaron a disparar en todas direcciones, pero no se lograba apreciar con exactitud. Al escuchar los disparos, se podía ver a niños, mujeres y ancianos, todos corriendo sin dirección fija, simplemente podía sentirse su desesperación.

Mientras Mateo mantenía fija su mirada en la pantalla; ésta se quedó sin señal, cambió de canal y solo encontraba estática. Mateo estaba en shock, su celular no paraba de sonar con mensajes del grupo de sus amigos; no sabía que hacer o que pensar, en su mente solo estaban esas imágenes, no lograba percibir ningún sonido de lo que pasaba a su alrededor. Fue corriendo a la habitación de sus padres y les mostró desde el celular lo que acababa de ver.

—¡Dios mío! ¿Qué está pasando?, ¿Están locos?- gritaba asustada su madre, por las imágenes.

—¿Estás viendo eso? ¡Eso no puede ser una broma!-gritó desesperado.

Sus padres encendieron la televisión, para ver si algunos otros canales estaban transmitiendo, pero ninguno de los canales de paga tenía señal. Intentaron encontrar otro canal donde pudiesen ver lo que sucedía, pero fue imposible, la televisión únicamente estaba transmitiendo programación nacional.

Entró en el buscador nuevamente, pero no tuvo éxito, los videos ya no estaban disponibles, era como si quisieran ocultar al país lo que estaba sucediendo en la frontera.

Intentaron comunicarse con Maite, pero las compañías de cable y telefonía celular, comenzaron a presentar fallas en algunas partes de la ciudad. Nicole envío un mensaje a Mateo, para preguntar si aún contaba con señal.

Estaba siendo una noche muy larga, la madre de Mateo intentó hacer que este se calmara y pensara que todo estaba siendo una extraña coincidencia, y que por la mañana todo estaría normal.

Mateo subió a la azotea y se encontró con Nicole, que estaba del otro lado de la barda, el muchacho improvisó un asiento con una vieja caja de madera que tenía cerca, y recargó sus brazos sobre la barda, para después colocar su cabeza sobre ellos.

—¿Qué crees que esté pasando?- preguntó Nicole.

—No sé, nadie dice nada, muchos mañana regresarán a sus trabajos sin tener la certeza de lo que está pasando y creyendo que todo está realmente bien.

—¿Y... si las imágenes son reales?- preguntó Nicole

—Algún día tendrá que salir todo a la luz, no pueden ocultar algo así, por siempre- Dijo Mateo, un poco serio.

Ambos se quedaron callados, Nicole tocó el brazo de Mateo que estaba concentrado en sus pensamientos. Ella señaló hacia arriba y le mostró las estrellas, el cielo estaba completamente despejado.

—Mira, yo pienso que debemos estar tranquilos, por el momento estamos en casa y estamos bien, ¿no crees?- dijo Nicole.

—Sí, aún tengo muchos exámenes por aprobar- bromeó Mateo.

—¿Aprobar?, pues tengo mis dudas pero, al menos lo intentarás- dijo para molestarlo.

# ENTRE LOS MUERTOS

La mañana siguiente, en los noticieros, se dio la información de supuestas imágenes filtradas por canales norteamericanos, las cuales se encargaron de desmentir, alegando que todo había sido una broma de parte de la cadena de televisión y que la relación entre ambos países estaba bien. Pasaron imágenes de la gente cruzando a México y viceversa, asegurando que la frontera seguía abierta.

La familia aún tenía dudas de lo que estaban diciendo; las imágenes que vieron eran muy reales para ser una broma y no era normal, que la televisión por cable dejara de transmitir en todos los canales y peor aún, que no fuera reestablecida la comunicación.

—Estoy cansado de esto, mañana mismo voy por mi hermana, no pienso esperar más- dijo Mateo.

—Nadie va a salir, no pienso arriesgar a ninguno de mis hijos, ni tú, ni ella van a salir. No sabemos qué es lo que realmente está pasando y sé que todos estamos mejor así- dijo la madre de Mateo, muy exaltada.

El día transcurrió con normalidad, las noticias no mencionaban nada sobre el virus, se enfocaban más en noticias nacionales, actualizaciones sobre los deportes en Europa, ya que ellos aún no habían presentado ningún caso que tuviera que ver con el virus.

El teléfono de Mateo comenzó a sonar, el internet había regresado, todos los mensajes y notificaciones anteriores fueron recibidos, eran alrededor de las nueve de la noche, mientras Mateo revisaba sus notificaciones, le apareció una trasmisión en vivo, se emitió un mensaje por parte del secretario de salud.

El mensaje aparecía en todas las plataformas de internet y medios de comunicación, con el siguiente mensaje:

*"Buenas noches, este es un mensaje de alerta. Después de evaluar la situación, debemos confirmar que todas las imágenes vistas ayer por la noche, son reales... las fronteras han sido cerradas. Ayer por la tarde se dio orden de cerrar el aeropuerto, se han cancelado todos los vuelos tanto de entrada como de salida, repito, esto no es una broma, nos encontramos ante una situación de interés mundial. El virus del que*

*estamos hablando es altamente contagioso, entre algunos de los síntomas se encuentra: el adormecimiento de zonas del cuerpo infectadas, fiebre, vómitos, taquicardia y visión borrosa. El virus no tiene cura, por lo que es mortal en el 100% de los casos, sin embargo, después de fallecido el paciente revive... así es, escuchó bien, el paciente revive, en un estado de trance, donde su único propósito es alimentarse de sangre y carne, sin ninguna explicación aparente. No hay manera de controlarlo, el virus se desarrolla rápidamente; el tiempo en el que los síntomas se hacen presentes, después de contagiarse es variado, pero en un lapso menor de 24 horas, todos los síntomas se hacen evidentes..."*

Mateo no podía creer lo que estaba escuchando, lo que hasta entonces solo se hacía presente como una pesadilla, se estaba convirtiendo en realidad. Su rostro tomó un color pálido, deseaba que en ese momento todo lo que estaba escuchando también fuera un sueño, era como si el tiempo se hubiera detenido, tenía la mirada perdida, respiraba rápidamente y de pronto reaccionó. Sus padres gritaron desde la sala para que bajara, su madre comenzó a llorar, diciendo que no era posible que esto estuviera pasando, tenía que ser una broma.

*"...Les pedimos no salgan de sus hogares, aseguren puertas y ventanas. La manera más común en la que el virus se transmite es por medio de la mordida de una persona infectada, aún desconocemos la naturaleza del virus. No es fácil combatir contra ellos, el ejército está haciendo todo lo posible por detenerlos. Al ser un virus desconocido, no se ha encontrado la manera de detener el avance de la enfermedad.*

*Señores... estamos ante un evento que esta fuera de nuestras manos, sin embargo, seguimos trabajando en conjunto con el gobierno americano, para encontrar una cura. No es un trabajo fácil pero sin duda lo logaremos."*

El mensaje terminó. En la pantalla apareció un anuncio de color rojo que decía: "estado de alerta", con un sonido similar al de una alarma nuclear, se repetía el mismo mensaje una y otra vez.

Los tres estaban atónitos, el padre de Mateo se levantó, y dijo- ¡No pienso quedarme aquí sin hacer nada!, esos malditos no se van a acercar a mi familia, llama a tu abuelo y dile lo que está pasando, pídeles que no salgan, que en cuanto podamos iremos por ellos.

Se comunicaron con el abuelo, pero Maite no se encontraba en casa, seguía en casa de su amiga y no podía salir, su madre parecía haber enloquecido, había entrado en una crisis nerviosa. Los mensajes a Mateo no se hicieron esperar, sus amigos quisieron informarle lo que estaba pasando, todos estaban asustados.

Mateo no podía reaccionar y lo único en lo que pensaba era en ir por su hermana, sin importar que el exterior fuera peligroso.

Alrededor de las seis de la mañana, la lluvia comenzó a caer, Mateo seguía en shock, miraba la lluvia caer por la ventana, pero su mente estaba en blanco; aún esperaba que todo fuera un sueño. Se veía el resplandor de los rayos, iluminando su habitación, al fondo la silueta obscura de Mateo, sentado frente a su escritorio. Opacados por el sonido de la lluvia, se escuchaban a lo lejos voces distorsionadas y llantos ahogados. Sin darse cuenta Mateo se quedó dormido, recargado sobre sus brazos en el escritorio. Un par de horas más tarde despertó con el sonido de la televisión, el mensaje había dejado de repetirse. La programación parecía normal, no había noticieros o cualquier programa en vivo, las únicas noticias acerca de lo que estaba sucediendo se encontraban en una transmisión por radio, que su padre escuchaba en su habitación.

Mateo aún parecía perdido, estaba sentado en una esquina de su cama, de fondo se seguía escuchando el programa de radio. Se levantó, se puso una sudadera, colocó en una mochila un par de botellas de agua, tomó su celular y cartera.

En su mente los pensamientos iban demasiado rápido. Mientras su padre se estaba bañando, aprovechó para tomar la copia de las llaves y así poder abrir la puerta, ya que sus padres la habían cerrado con seguro. Desde el patio, vio la silueta de su madre que se encontraba en la azotea, abrió la puerta y salió. Lo último que se escuchó, fue la puerta metálica cerrándose tras de él.

# 4

Las calles eran un caos, los supermercados estaban llenos, la gente había entrado en pánico y comenzaban a comprar víveres en cantidades impresionantes. Los altavoces emitían un mensaje, pidiendo a todos los ciudadanos mantener la calma y permanecer en casa. Los locales habían cerrado, el transporte estaba saturado, ya que la gente intentaba regresar a sus hogares. Se podía ver a los vecinos, subir con maletas a sus autos, algunas personas pedían ayuda para llegar a su destino; otras preferían caminar. Todo parecía estar colapsando. Mateo tomó el primer autobús que encontró.

Durante el trayecto, miraba por la ventana el caos que se veía en la ciudad, el autobús iba casi vacío, ya que estaba a punto de llegar a su base. En él, solo iban a bordo un señor, una anciana, una pareja y una señora con su bebé en brazos.

El clima no había cambiado mucho, seguían siendo días calurosos. El autobús estaba a punto de llegar al metro, Mateo escuchó a alguien toser, lo que le hizo salir de sus pensamientos, miró hacia adelante, vio que era la anciana de quien provenía ese sonido, parecía una leve tos. Unos minutos después la tos empeoró, se escuchaba que la mujer estaba teniendo problemas para respirar, el hombre se acercó a ella para ayudarla, la anciana comenzó a toser sangre, manchando la camisa de quien la estaba ayudando, el chofer por instinto detuvo la unidad, se levantó, tocó su cara y ella estaba ardiendo en fiebre.

—Debemos llevarla a un hospital, esta mujer no está bien- dijo, mientras miraba al señor que sostenía a la anciana.

—¡Está infectada!- Dijo la joven de manera nerviosa, un par de asientos delante de Mateo.

Se escuchó otro intento desesperado por tomar aire por parte de la anciana, ella se aferraba a una parte de la camisa del hombre, mientras lo veía fijamente con los ojos muy abiertos. De pronto se dejó de escuchar el sonido de ahogo, y se vio como la mano soltó lentamente la camisa. El chofer se levantó de golpe, dio un par de pasos hacia atrás, miró a los demás pasajeros, giró hacia la puerta y salió corriendo.

—¡Vámonos por favor!- le decía la joven a su novio

—No, espera, no la podemos dejar así- respondió el joven.

El hombre cerró los ojos de la anciana y la recostó sobre el asiento, sacó su celular para hacer una llamada. Pidió a Mateo que bajara a pedir ayuda a un policía. El muchacho nervioso y un poco desorientado por lo que acababa de ver, reaccionó después de un par de segundos, asintió con la cabeza y se levantó para bajar por la puerta trasera. El joven que se encontraba un par de asientos delante con su novia se acercó para ayudar al hombre, de pronto la chica lanzó un grito de horror que hizo que Mateo volteara inmediatamente. La anciana se había levantado. El chico observó incrédulo, y retrocedió, mientras que el hombre que la había ayudado, se encontraba de espaldas a ella, con su teléfono; cuando se giró para ver lo que estaba pasando la anciana lo atacó mordiéndole el cuello.

Mateo miró horrorizado, puso un pie en los escalones y volteó. Frente a él estaba la señora con él bebé, esta se encontraba agachada, sollozando, mientras protegía con su cuerpo al pequeño, regresó por ella jalándola del brazo y los bajó del autobús.

Mientras se alejaban del autobús Mateo dio un vistazo detrás, la chica se encontraba fuera de la unidad, pero su novio no lo logró, resbaló en los escalones y fue alcanzado por la anciana, lo último que se escuchó de él, fue un grito pidiéndole a ella que corriera. Una señora que iba pasando, la tomó por los hombros y se la llevó.

La zona se volvió un caos, todos los que estaban cerca comenzaron a correr; algunos otros buscaban entender lo que estaba pasando. Se escuchaban gritos por todas partes, los autos no respetaban las señales de tránsito, porque buscaban salir del lugar, lo que provocó choques y la gente decidía salir huyendo, dejando sus autos.

Mateo junto con la señora, se encontraban a escasos metros de la entrada del subterráneo. El bebé no dejaba de llorar, toda la gente intentaba refugiarse dentro, las personas que lograban entrar comenzaban a saltar los torniquetes. Mateo ayudó a la señora a sostener al bebé, mientras pasaban por debajo.

Las puertas del metro comenzaron a cerrarse al ver el caos que había afuera, los policías intentaban contener a la gente que entraba alarmada, muchas personas se quedaron fuera, sus gritos se alcanzaban a escuchar hasta los andenes de la estación.

Cuando por fin se detuvieron, Mateo entregó al pequeño a su madre, se agachó, respiró profundamente y sintió el aire entrar lentamente, era como si en los últimos minutos el chico hubiera dejado de respirar hasta ese momento.

—¿A dónde se dirigen?- preguntó Mateo, aún agachado con las manos en las rodillas, mirando a la señora e intentando distraerla.

—Voy hacia la central de camiones, mi marido se encuentra en Guanajuato y hace tres días que no sé nada de él.

—Está bien, la central se encuentra cerca, pero, después de lo que acabamos de ver no creo que sea seguro que salga de la ciudad y mucho menos sola con un niño en brazos.

—Lo sé, pero debo asegurarme de que está bien, ¿y tú?, ¿hacia dónde vas?

—Voy por mi hermana, al sur de la ciudad.

—Eso queda aún lejos de aquí, espero, allá todo este más tranquilo para que puedas traerla a salvo.

Al escuchar esto Mateo pensó que tal vez traer a su hermana a casa ya no era una buena idea, probablemente estaba más segura con su abuelo, pero ya no había manera de volver, afuera seguramente ya no tendría oportunidad de sobrevivir.

—Vamos, ahí viene el metro, debemos seguir, en este momento lo más seguro es alejarnos de aquí- Dijo Mateo a la señora.

—Sí.

Así que ambos subieron al metro, Mateo colocó a la señora en uno de los asientos reservados al fondo del vagón, mientras que él se sentó en el piso junto a ella. Todos los que viajaban en el vagón estaban muy asustados. A unos metros se encontraba un hombre sentado en el piso llorando y repitiendo -¿por qué haces esto Dios?- mientras se tomaba el cabello como si quisiera arrancárselo y golpeaba su cabeza contra la puerta que se encontraba detrás de él.

Muy cerca de donde se encontraban, había otra señora con su hijo, el niño al ver lo que estaba pasando le preguntaba a su madre porque todos lloraban y gritaban, la madre le dijo que todo estaba bien, que durmiera. Tomó al niño, lo recostó en sus piernas, tapó sus oídos y comenzó a cantar una especie de canción de cuna.

Lo que estaba sucediendo era una de las escenas más tétricas que Mateo había visto, eran imágenes que solo habría imaginado en una película de terror.

—¿Cómo te llamas?- Escuchó a lo lejos la voz de una mujer.

Por un momento parecía que no había entendido la pregunta y luego contestó:

—Mateo

—Sé que no es el mejor lugar, ni la mejor manera de presentarnos pero soy Nancy.

El joven respondió solo con una sonrisa y asintió con la cabeza. La observó bien por primera vez, era una mujer no mayor de cuarenta años, de aspecto descuidado, cabello obscuro y recogido.

Había pasado un rato desde que subieron al vagón, la unidad avanzaba lentamente, deteniéndose por lapsos muy largos de tiempo en los túneles. El bebé de Nancy despertó y comenzó a llorar.

—¡Maldición! necesito pañales y la leche del bebé, debe estar hambriento

—Claro, ¿dónde los tienes?- Preguntó Mateo.

—Los deje en el autobús, bajamos tan rápido que olvidé la pañalera.

—No te preocupes, conozco un centro comercial en la siguiente estación, allí podremos conseguir todo lo que necesitas.

Llegaron a la estación y el lugar comenzaba llenarse de policías armados con cascos y escudos de protección, se podía ver mucho movimiento. Cuando se acercaron a los torniquetes los policías les pidieron que se alejaran, las puertas de salida estaban cerradas y se escuchaban gritos fuera de la estación.

—¿Qué está sucediendo afuera?, ¿Por qué cerraron las puertas?- Preguntó Mateo a un oficial.

El oficial ignoró su pregunta dándole la espalda, se escuchó una voz que provenía de un señor con un montón de periódicos bajo su brazo.

—Esta zona está llena de hospitales, ayer por la noche se reportaron dos posibles casos de influenza, uno de los pacientes murió hace un par de horas, cuando sus familiares entraron a verlo, él estaba vivo y lo primero que hizo fue atacarlos. Con el segundo paciente, sucedió lo mismo, en menos de 30 minutos se transformó en una de esas cosas y comenzó a morder a todas las personas que se encontraban a su paso. El caos se desató por todo el hospital, hay demasiados heridos, por precaución el hospital fue cerrado, nadie puede entrar o salir, y allí dentro, estoy seguro de que todo es una masacre. Creyeron que cerrando el hospital controlarían la infección, pero como te dije, en esta zona hay muchos hospitales y esos no eran los únicos infectados. Además algunas personas que fueron mordidas lograron salir y la infección se ha propagado por toda las zona, esto se ha salido de control, ya no hay lugar seguro- Les platicaba el hombre, mientras guardaba todas sus pertenencias.

—¿Y qué son esas cosas?- preguntó Mateo.

—Locos, caníbales...- comenzó a reír y dijo – *zombis*... podrían ser cualquier cosa pero créeme, están como poseídos, lo único que buscan es alimento y su alimento somos nosotros.

Mateo sintió un escalofrío en todo el cuerpo al escuchar estas palabras.

—Vámonos, busquemos las cosas del bebé en otro lado - dijo Mateo.

Las palabras del hombre solo daban vueltas en la cabeza de Mateo. Se encontraba en un dilema, tenía que llegar pronto a casa de su abuelo, pero no podía dejar a la mujer sola, en medio de todo eso. Prometió acompañarla a la central porque creía que era lo correcto. El siguiente metro llegó después de mucho tiempo, estaba saturado. Mateo y Nancy apenas lograron entrar en el vagón, era necesario conseguir el alimento para el bebé. Al llegar a la siguiente estación, caminaron por un pasillo que los llevaría a la siguiente línea, era un pasillo largo y solo ellos dos caminaban por ahí. Ya en los andenes vieron que había muchas personas esperando el metro; de pronto se escuchó en los altavoces.

*"Sistema colectivo informa: a todos nuestros usuarios que el servicio de trenes ha sido suspendido, sin embargo, la salida de nuestras instalaciones será permitida en las estaciones más seguras, por lo que los trenes solo se detendrán en las siguientes estaciones: línea 1..."*

Continuaron con un listado por línea de las estaciones por las que se permitía la salida.

*"...a los usuarios que se encuentran dentro de los trenes, el servicio se reactivará en unos minutos y se les será transportados a las estaciones antes mencionadas. A todas las personas les recomendamos mantener la calma y dirigirse directamente a sus hogares."*

Desafortunadamente, la estación a la que se dirigían ambos, estaba cerrada debido a la aglomeración de personas que ahí había, y su cercanía con la central de camiones. Al escuchar esto muchas de las personas saltaron a las vías para llegar más rápido a la central, Mateo tuvo que pensar rápido. Si iban por las vías como la mayoría estaba haciendo, no funcionaría de nada ya que la siguiente estación estaba cerrada, consultó con Nancy la posibilidad de salir de la estación, eran aproximadamente 15 minutos caminando de una estación a otra. Nancy estuvo de acuerdo y ambos salieron de los andenes. Mientras intentaban salir, chocaban con gente corriendo y empujando para caminar por las vías.

Al salir de la estación el panorama era desolador, caminaron aprisa y siempre alertas al mínimo movimiento extraño que pudieran detectar. El celular de Mateo comenzó a sonar, era su madre llamándolo, este tomó el teléfono y del otro lado escuchó:

—¿Dónde estás?, ¿Por qué no respondías el teléfono?

—Estoy bien, no te preocupes, voy por Maite y el abuelo.

—Pero…

Mateo colgó el teléfono y lo apagó.

El camino era corto, la avenida estaba llena de autos, cientos de personas caminando a su lado, y Nancy sosteniendo al bebé junto a su pecho. Aunque lo intentaban, no podían evitar tener contacto con otras personas, todos se empujaban buscando una salida, pues tenían miedo.

Llegaron al puente, cruzaron y entraron a la central donde todo era un desastre. Todos querían subir en el primer autobús que los llevara lejos de allí, las taquillas estaban abarrotadas de gente, a los empleados se les veía nerviosos, los guardias intentaban controlar a las personas; la situación se había salido de control.

Mateo y Nancy se dirigieron a una farmacia, estaba completamente destruida, ya había sido saqueada, tomaron los pañales; en una de las tiendas consiguieron un poco de comida y leche. Al llegar a las salas, los guardias no permitían el paso a la parte de los andenes, la gente gritaba desesperada por entrar. Un hombre en un impulso golpeó a uno de los policías, los demás aprovecharon para entrar, mientras sus compañeros lo ayudaban a levantarse.

Dentro, estaba lleno de gente, ninguno de los conductores quería subir más personas, muchos de ellos al ver a la gente correr detrás pidiendo ayuda, se pusieron en marcha. Entonces se escuchó un disparo, Mateo y Nancy se agacharon al no saber de dónde provenía el sonido, un hombre había herido a un chofer, tomó el autobús y la gente comenzó a subir.

—¿Qué mierda es esto?- exclamó Mateo -No pienso dejarla sola con todo esto, la gente ya enloqueció y este lugar es demasiado peligroso, es mejor irnos.

—Muchacho, agradezco mucho tu ayuda pero debo ir, no voy a estar tranquila sin saber nada del padre de mi hijo.

Mateo miraba nervioso el lugar, sabía que dejarla sola era peligroso, pero no pudo convencer a Nancy de quedarse y buscar un lugar seguro para ellos. Nancy estaba tan desesperada por ir en busca de su esposo, que logró ver un camión que estaba por salir. Parecía que en él solo estaba el chofer. Mateo y Nancy corrieron para tratar de alcanzarlo, cuando llegaron el chofer no quiso abrir la puerta, ellos insistieron, y al ver que tenían un bebé dejó subir a Nancy. No les dio mucho tiempo de despedirse, pues la gente comenzaba a correr hacia el autobús; el chofer quería alejarse lo antes posible del lugar.

Lo último que pudo decir Nancy, fue:

—Gracias.

Las puertas se cerraron y el camión salió de la central.

# 5

Después de dejar a Nancy en el autobús, Mateo caminó hacia la salida. Todas las personas pasaban a su lado corriendo, iban en dirección contraria. Aún intentaban alcanzar algún autobús. Familias completas, buscando una salida. Al no tener éxito encontrando transporte, mujeres, niños, hombres, no importaba; a todos se les podía ver llorar, ver su cara de frustración buscando algún lugar seguro a donde ir. Todos parecían desubicados, el miedo se había apoderado de ellos.

Cuando Mateo salió de la estación, se quedó parado unos minutos mirando hacia todas partes, decidiendo qué camino tomar. No había transporte y en las calles no estaba seguro, rodeado de tantas personas, sin saber si alguna estaba infectada.

Aún se encontraba bastante lejos de la casa de su abuelo. Metió la mano a su bolsillo y sacó su celular para encenderlo, en ese momento le comenzaron a llegar una gran cantidad de notificaciones. La mayoría de los mensajes provenían de su madre, pero decidió ignorarlos. Había un par de mensajes más, de su hermana y de Nicole.

"*Nicole: ¿Dónde estás? Dice tu madre que te fuiste de casa, ¿estás loco?*"

"*Maite: Mateo, ¿dónde estás? Mis papás están preocupados, responde.*"

Leyó los mensajes, abrió la aplicación para pedir un taxi, e ir a donde su hermana se encontraba. La suerte no estaba de su lado, al abrir la aplicación en la pantalla, apareció un mensaje en el que decía que el servicio no estaba disponible por el momento. Apagó y guardó nuevamente su celular en el bolsillo del pantalón, levantó la cabeza al escuchar que a su alrededor había bastante ruido, miró al frente y vio un grupo enorme de gente que iba corriendo hacia la central, parecía que algo los estaba persiguiendo.

¡Ahí vienen!, ¡Corran!- eran algunas de las palabras que lograba entender entre los gritos.

Parecía que las piernas no le respondían, apretó los puños e instintivamente comenzó a correr lo más rápido que pudo, esquivando a las personas. Al cruzar una pequeña calle, un auto estuvo a punto de atropellarlo; el chillido de las llantas al frenar fue lo único que Mateo logró escuchar, pero eso no lo detuvo, y siguió corriendo. Aún no sabía de qué estaba huyendo exactamente, pero no pensaba quedarse a averiguarlo.

Cerca de la central se encontraba la preparatoria donde había estudiado. Ese fue el único lugar que le pareció seguro.

Se encontró con los barrotes que la rodeaban y comenzó a escalar para saltar hacia el otro lado. Fue imitado por otras personas. El ruido de la multitud que llegaba corriendo, alertó a los guardias quienes intentaron detener a Mateo y las demás personas que lograron saltar la reja. Dentro, había solo dos guardias contra decenas de personas, era imposible detenerlos, los que se quedaron fuera pedían a gritos que les abrieran las puertas, comenzaban a patear y golpear los barrotes.

Mateo exhausto de correr, se agachó colocando sus manos sobre sus rodillas, levantó la cabeza, entrecerrando los ojos y frunciendo la nariz; observaba lo que pasaba fuera.

Los guardias pedían a las personas que se encontraban en la puerta, retroceder, pero la gente se negaba. Mientras tanto, otros se ayudaban mutuamente para poder saltar al otro lado.

Un señor robusto y calvo, se colocó en la puerta, empezó a discutir con el guardia, se acercó y sujetó a este del uniforme, estrellándolo contra el metal; provocando que comenzara a sangrarle la nariz. El guardia cayó de espaldas y cubrió su nariz con ambas manos; mientras la sangre escurría a través de sus dedos. El compañero del guardia fue a ayudarlo al igual que algunas de las personas que se encontraban dentro. Su compañero se dirigió a la puerta, pidiéndole al hombre que se retirara, este respondió con una risa burlona y gritó a los demás que era momento de tirar la puerta.

Todos se unieron para empujarla, mientras que los que estaban dentro les pedían que pararan; de pronto la puerta dejo de moverse. El hombre molesto, les ordenó que no se detuvieran, al mirar atrás vio que los infectados se dirigían hacia ellos. La mayoría de las personas huyeron del lugar, emitiendo gritos de pánico. El hombre se quedó paralizado, su cara lo decía todo, estaba aterrado; uno de los infectados se lanzó sobre él.

Las imágenes de las personas siendo mordidas eran espeluznantes, todo pasaba demasiado rápido.

Las personas corrían intentando huir; otras escalaban el enrejado, infectados atacando a todos los que tenían a su paso, aquello era una masacre.

Mateo se alejó del lugar, tenía que mantenerse a salvo, nadie podía asegurarle que alguno de los que habían atravesado la valla no estuviera infectado. Tenía que ocultarse hasta que todo pasara, debía hacerlo para sobrevivir, solo conocía un lugar que podía ser seguro, pensó el edificio de los laboratorios.

Era el edificio más alto de la escuela, el lugar era un desastre, las personas que habían logrado entrar estaban corriendo por todas partes, buscando donde refugiarse, y aunque los andadores eran amplios, la multitud impedía el paso, algunos buscaban una salida y otros solo ocultarse.

Cuando Mateo llegó al edificio subió al último piso, buscó un laboratorio abierto para esconderse. Eligio un laboratorio al fondo del pasillo. Cuando iba a cerrar la puerta dos chicos y una señora entraron, entre todos colocaron dos de las mesas para atrancar la puerta, Mateo volteo hacia las mesas donde estaban las tres personas, se dio cuenta que conocía a la señora, era su profesora de psicología de la preparatoria, se llamaba Silvia, Ambos se miraron incrédulos, e intentando recordar donde se habían visto. En otras circunstancias hubiera sido un buen encuentro, acompañado de una larga plática pero lo único que pudo decir Mateo fue:

—Es un gusto saber que está bien.

—Lo mismo digo Mateo.

Habían pasado ya algunas horas, desde que se habían encerrado en aquel laboratorio. El atardecer se alcanzaba a ver por las pequeñas ranuras que se formaban entre las persianas, por los pasillos se escuchaban voces, gritos y pasos.

Mateo sentado en una esquina sobre una de las mesas, miraba cuidadoso por la ventana que apuntaba a la parte trasera del edificio, y era espectador de lo que sucedía en los alrededores. A lo lejos se apreciaba la pista de carreras, sobre ella yacían lo que parecían cuerpos, no eran muchos pero era espeluznante.

De vez en cuando, se podía ver caminar a alguno de los infectados, parecían ser muy lentos, de no ser por eso y la dificultad motora que tenían al caminar, podrían pasar por cualquier humano normal; algunos presentaban heridas profundas, raspones y sangre en la ropa.

Dentro del laboratorio todo permanecía en calma, ninguno emitía palabra, preferían mantenerse sigilosos. En ocasiones los dos chicos que entraron con la profesora susurraban, pero Mateo no lograba entender de qué hablaban. La profesora intentó llamar a todos los números de emergencia y todos estaban ocupados.

Mateo se levantó lentamente de su lugar, cuidando no hacer ruido como si esos pseudohumanos pudieran escuchar el mínimo sonido, y se acercó a donde estaba la profesora.

—Profesora, ¿Usted sabe que es lo que está pasando? o ¿Cómo fue que sucedió todo esto?

La verdad no Mateo, entre algunos colegas hay rumores de que es una enfermedad muy parecida a la rabia, aún no saben exactamente de donde proviene ni cómo surgió, ya que no fue sino hasta hace algunas semanas que empezaron los brotes de esta enfermedad, al parecer los primeros casos se dieron en Wisconsin pero el gobierno mantuvo estos casos en secreto, pero te repito solo son teorías, aún no hay información concreta.

—El cerebro se les quemo con la fiebre - interrumpió uno de los chicos- Y ahora están locos eso es lo que está pasando, si no es eso quizá están poseídos.

—Mira, muchacho.

—Darío.

—Ok, Darío, no hay que desviar las cosas y hacernos ideas que no son reales.

—¿Esto le parece real? ¿En qué jodida realidad pasaría esto?

—Baja la voz Darío - le dijo la chica.

—¿Por qué?, ¿Te da miedo que nos escuchen? te tengo noticias, ellos saben perfectamente que estamos aquí y en cualquier momento vendrán por nosotros.

—¡Cállate!- le ordenó nuevamente su compañera.

—¡Guarden silencio los dos! no es momento para pelear y Darío si tan seguro estas de lo que va a pasar ¿por qué buscaste donde refugiarte?-dijo Mateo.

Darío bajó la mirada y cambió de sitio alejándose del grupo.

—Mi nombre es Alba- dijo la chica, estirando su mano para saludar a Mateo.

—Mateo.

Alba se disculpó en nombre de Darío, y le explicó que era un chico tranquilo, pero muy impulsivo. Darío era un joven robusto, de cabello castaño claro con mechas rubias. Ambos estaban cursando su último semestre de preparatoria, se encontraban ahí por azares del destino. Un día antes se reunieron con algunos amigos, aprovechando que las restricciones habían disminuido.

—¿Cómo pudieron ser tan inconscientes?- preguntó la profesora.

—No lo sé, nos dejamos llevar, creímos que todo había mejorado. Por la noche cuando emitieron el mensaje de alerta, Darío y yo quisimos regresar a casa pero era muy tarde, así que no salimos hasta hoy por la mañana, pero nunca encontramos transporte, llevábamos casi dos horas caminando y luego esas cosas estaban persiguiéndonos.- su voz comenzaba a entre cortarse.

—¿Dónde viven?- preguntó Mateo.

—Darío vive en el estado y yo cerca de los límites de la ciudad.

—Pero niña, eso aún está muy lejos.

—Lo sé- apretó los labios intentando contenerse pero sus ojos comenzaron a llenarse de lágrimas.

Habían transcurrido tres horas más desde que ingresaron al laboratorio, se notaba que todos estaban cansados. Darío estaba sentado al otro lado del laboratorio con los brazos sobre sus piernas, empezaba a ser vencido por el sueño, pero inmediatamente recobraba su postura, como si tuviera miedo de dormir. Mateo sentía la boca seca, intentó abrir la llave de una de las tarjas pero no salía agua.

El hambre y sed se hacían presentes, pero solo contaban con un paquete de galletas que tenía Alba y que compartió con todos, aunque no fuera suficiente. Intentaron dormir un poco pero era casi imposible, cualquier ruido cerca los alteraba, la batería de los celulares se estaba agotando y solo contaban con un cargador. Entraban a internet para ver lo que pasaba fuera y cada vez eran más los lugares que estaban colapsando, las redes estaban llenas de videos con escenas de ataques.

Mateo encendió su celular y abrió los mensajes.

*"Mamá: Mateo, por favor dime que estas bien, tu abuelo no sabe nada de ti, dinos donde estas, saldremos a buscarte."*

*"Maite: Mateo, ¿dónde estás? Los mensajes no te llegan, estamos muy preocupados."*

*"Nicole: Responde por favor, no me dejes en visto, ¿A qué estás jugando? tu familia está muy preocupada quieren salir a buscarte."*

*"Sebastián: Estoy preocupado, Elizabeth no responde mis mensajes y en su casa tampoco responden.*

*Nicole: Tranquilo, ella debe estar bien.*

*Sebastián: ¿Y Mateo? ¿Por qué no le llegan los mensajes?"*

"*Sebastián: Matt tienes que regresar, Nicole me contó lo que estás haciendo pero es una locura, estas arriesgándote y a toda tu familia.*"

Respondió a su madre que se encontraba bien, estaba en un lugar seguro. Luego de eso su celular se apagó y no pudo responder a los demás mensajes.

Alba logró llamar a sus padres. Ellos le dijeron que la ciudad era muy peligrosa, era imposible ir por ella. Las autoridades no permitían salir a nadie, la confusión era tan grande que estaban disparando a cualquier persona que vieran en las calles por miedo a ser atacados, lo que hacía preferible mantenerse dentro de sus hogares. Sus padres le dijeron, que en cuanto pudieran irían por ella.

Después de un par de días, Mateo aún tenía contacto con su hermana por mensaje y parecía que todo estaba bien, toda su familia había logrado mantenerse alejados de los infectados.

"*Maite: Dime, ¿dónde estás?, mis padres quieren salir por ti.*

*Mateo: No lo haré, no te pienso decir. Es muy arriesgado, los familiares de una chica que se encuentra conmigo dicen que la policía está disparando a todos los que están fuera, y en los teléfonos de emergencia nadie responde.*

*Maite: Las líneas están saturadas, durante el día solo se escuchan disparos y gritos, es horrible, es mejor que te quedes donde estas, en cuanto puedan nuestros padres irán por ti. Te estas arriesgando mucho y yo estoy a salvo con la familia de Sofía*".

Mateo dejó de responder los mensajes de su hermana, no estaba dispuesto a abandonarla, envió un mensaje a Nicole.

"*Mateo: ¡Hey! ¿Cómo estás?, ¿Cómo está todo por allá?*

*Nicole: Es broma, ¿no? nos tienes muy preocupados a todos y saludas como si todo fuera tan normal, las cosas están cada vez peor, muchos de los vecinos ya han abandonado sus casas, no se dejan de escuchar ambulancias y patrullas en los alrededores, la comunicación va y viene..*

*Mateo: Estoy bien, no pienso regresar sin mi hermana*"

Apagó nuevamente su celular, tenía que conservar la batería si quería seguir comunicándose con su familia para mantenerlos más tranquilos.

Llevaban dos días dentro del laboratorio, la falta de alimento, agua y sueño, comenzaba a notarse en ellos. Alba era una chica de piel blanca, pero se notaba pálida, resaltando en su rostro únicamente sus pecas. Las ojeras en los ojos de Darío con una tonalidad rojiza eran más notorias por su piel blanca; en un par de días la profesora se notaba más delgada de lo que era.

Las condiciones en las que se encontraban eran muy complicadas y no podían estar más tiempo así. Esa tarde la profesora sugirió que era momento de salir, no parecía una buena idea pero las únicas opciones que tenían era conseguir alimento o salir lo más rápido posible de la escuela. Tomaron material de uno de los anexos como soportes, tijeras, algunas lámparas de alcohol y todo aquello que pudieran utilizar como arma. Esperaron a no escuchar ningún ruido, movieron las mesas lentamente, abrieron la puerta con mucho cuidado; miraron que no hubiera nadie cerca y salieron. Los pasillos del edificio parecían estar libres, al igual que las escaleras. La profesora iba al frente de ellos, mientras que Mateo se encontraba detrás.

La cafetería no estaba muy lejos, bajaron las escaleras con mucho cuidado, en el primer piso había uno de los infectados que no alcanzó a verlos, ni escucharlos, cuando llegaron a la parte de abajo, siguieron por los andadores.

No parecía haber señal de los infectados, en el camino había prendas y zapatos tirados, pero ningún rastro de ellos. Se acercaron a la cafetería y estaban por abrir la puerta, la profesora detuvo a Alba y señaló dentro. Desde los cristales vieron algunos infectados, pensaron que si intentaban entrar sería una misión suicida, retrocedieron y se dirigieron a los quioscos que había en algunos de los edificios, parecía ser más seguro tomar comida ahí. Se dividieron para revisar los quioscos. No había mucho de donde elegir, tomaron papas, galletas, botellas de agua, pero era importante tomar todo lo que fuera posible.

Mientras los demás buscaban comida, Mateo estaba a punto de abrir la puerta del refrigerador, cuando sintió como algo lo tomó del hombro y lo jaló.

Darío, le indicó que se agachara y guardara silencio con señas.

Mientras revisaban los quioscos no se habían dado cuenta que los infectados se estaban acercando y los estaban rodeando.

—Tenemos que salir de aquí- dijo Darío moviendo los labios sin emitir ningún sonido

Ambos podían ver a las chicas dos edificios adelante, saliendo de la pequeña cafetería, cuando se alejaban, una botella de agua cayó de la mochila de Alba haciendo un ruido que provocó eco en toda la escuela. Darío se llevó las manos a la cara y Mateo inclinó la cabeza hacia atrás recargándose en el refrigerador y apretando los ojos. Sabían que ahora ellas estaban en peligro.

Todos los infectados que se encontraban rodeando el quiosco donde estaban los chicos comenzaron a moverse en dirección de la profesora y Alba, estas se apresuraron a ir más rápido de regreso al laboratorio como lo habían acordado con los chicos. Cuando giraron en uno de los edificios se encontraron con una de esas cosas, la profesora por instinto lo empujó, eso ayudó a alejarlo un poco. Ella sacó rápidamente una de las lámparas de alcohol, la prendió y la arrojó a uno de ellos, este comenzó a incendiarse pero eso no impedía que siguiera moviéndose. Ver el cuerpo en llamas y en movimiento los hizo creer que estaban perdidos.

Alba se colocó detrás de la profesora tomándola del brazo, en ese momento aparecieron los chicos y con el soporte que llevaban en su mochila, corrieron hacia los infectados y comenzaron a golpearlos en la cabeza. Los cráneos explotaban como si fueran sandías, la sangre que salía de ellos estaba coagulada. Ellas no se quedaron atrás y ayudaron a quitarlos de su camino. Los cuatro salieron de ahí, aunque aún eran perseguidos.

En todos los pasillos y edificios podían ver a por lo menos uno de ellos, sus posibilidades de salir cada vez eran menores, el camino de regreso al laboratorio ya no era seguro. A lo lejos lograron ver infectados bajando por las escaleras del edificio, cambiaron de dirección y atravesaron todo el campo para cruzar la escuela, al menos una decena de infectados los estaban siguiendo.

Frente a ellos se encontraron con la biblioteca, la puerta parecía atascada, Darío rompió un cristal para abrir por dentro; todos entraron y cerraron las puertas. La profesora y Alba detenían las puertas, mientras Mateo y Darío tomaban algunas mesas y sillas para evitar que entraran.

La biblioteca era un lugar amplio, pero tenían que asegurarse de que no hubiera nadie más ahí. Se dividieron y revisaron el lugar. Encontraron un par de infectados y se deshicieron de ellos.

Mateo y la profesora se encontraban en la planta alta cuando se escuchó un grito. Ambos bajaron inmediatamente.

—¿Qué pasa? ¿Están bien?- preguntó Mateo.

—Sí, no se preocupen, es solo que Alba se asustó al ver que uno de ellos pasó por la ventana.

—Ok, pero hay que intentar no hacer ruido, eso nos pone en un riesgo mayor - dijo Mateo.

Alba asintió mientras cubría su boca con ambas manos.

—Eso no importa, saben que están aquí, tienen un instinto que los lleva a donde estamos- dijo una voz desconocida.

Era una joven de estatura media, cabello oscuro y ondulado con algunas pecas en el rostro que apenas se notaban.

—Un momento, te conozco, eres la novia de Omar ¿Cierto?- preguntó Darío.

—Sí, me llamo Abril - afirmó la joven.

—¿Dónde está él?

—Supongo que afuera tratando de comerse a alguien más - respondió sarcásticamente, mientras se tomaba los brazos.

La chica tenía algunas horas de haber entrado, les platicó a los chicos que un auto derrumbó la puerta de la escuela para poder entrar. Junto con su novio aprovecharon para buscar refugio, su novio fue atacado en el camino y ella siguió corriendo hasta encontrarse con la biblioteca. Había tratado de salir de la escuela pero no lograba avanzar mucho y prefería regresar.

Compartieron la comida que tenían con ella y siguieron platicando, Mateo se levantó para dar un rondín por el lugar como lo había acordado con sus compañeros, fue a la sala de consulta y se sentó un momento; mientras veía la luna a través de una de las ventanas, encendió su celular, no tenía señal, entro a su galería y miro algunas de las fotos que tenía.

Durante la madrugada Alba fue a buscar a Mateo.

—Mateo despierta, Abril no está, todos estamos durmiendo arriba pero no la encuentro por ningún lado.

—Vamos a buscarla- dijo Mateo adormilado.

Buscaron por toda la planta baja pero no la encontraron, Mateo escuchó un llanto al fondo, detrás de uno de los estantes. Se acercó lentamente y allí estaba Abril en un rincón llorando, sentada, cubriendo su rostro con las manos.

—¿Estas bien?- le preguntó.

Ella seguía llorando, el insistía preguntando. Alba lo interrumpió.

—Mateo.

—¿Qué?- volteó a ver a Alba

—Mira su pierna.

El pantalón de Abril se levantaba un poco y se alcanzaba a ver una herida, parecida a una mordida, entonces el llanto cesó, todo se volvió silencio y supieron lo que seguía. Ambos se miraron, retrocedieron lo más rápido que pudieron, el cuerpo de Abril comenzó a moverse y unos ojos rojos brillaron al final del pasillo. Mateo y Alba corrieron tirando sillas a su paso para evitar que Abril los alcanzara, gritaron para despertar a la profesora y a Darío quienes bajaron rápidamente, y vieron a Abril transformada en uno de esos monstruos persiguiendo a los chicos. El ruido inquietó más a los que se encontraban afuera, quienes comenzaron a golpear la puerta. Se escuchó el sonido del cristal romperse, las mesas no aguantaron más y fueron derribadas. La multitud de infectados entraba empujándose unos contra otros, a pesar de sus movimientos torpes, el cuerpo sin voluntad de Abril intentó atacar a la profesora, pero Alba no se tocó el corazón y le enterró una varilla del soporte en la cabeza.

Los cuatro se dirigieron a la parte trasera y se encerraron en una oficina.

—Lo único que se me ocurre ahora y nuestra única esperanza es romper la ventana y salir de aquí o esas cosas nos van a comer - sugirió Mateo, todos estuvieron de acuerdo

Lograron romper el vidrio, la puerta de la oficina estaba siendo empujada por los infectados hasta que esta se abrió, Mateo salió primero para ayudar a salir a la profesora y a Alba. Cuando Alba estaba por salir, Darío asustado la empujó, dejándola atrás, este saltó por la ventana, solo pudieron ver como Alba era devorada. Mateo intentó regresar, pero la profesora le dijo que ya no podían hacer nada. Los tres corrieron hacia la reja más cercana, se ayudaron para poder saltar.

Una vez afuera Mateo sujeto a Darío de la ropa y lo arrojó al suelo reclamándole lo que había hecho.

—¡Tenía miedo! ¿Qué esperabas que hiciera?

—¡Maldito cobarde!

Mateo estaba a punto de golpear a Darío, mientras este en el suelo se cubría con sus brazos, la profesora los separó y pidió que se calmaran, ya nada podría cambiar las cosas.

# 6

Dentro de los planes de Mateo no estaba el seguir su camino en compañía, fue la profesora quien logró convencerlo dadas las circunstancias.

Las calles de la ciudad ya no eran las mismas, todo parecía un pueblo fantasma. Mateo prefería estar solo, todo lo que estaba pasando provocaba que las personas se comportaran diferente, o quizá de la manera en la que la naturaleza se los estaba pidiendo, la supervivencia del más apto, la lucha por salvarse a sí mismos, al final los humanos siguen siendo animales.

Continuaron su camino sobre la avenida, para tener mayor posibilidad de escapar, de vez en cuando se podía ver a algunas personas que aún permanecían en su casa, mirar por la ventana al escuchar los pasos de estos tres, probablemente temerosos de que fueran alguna de esas extrañas criaturas.

Mateo sentía un vacío en su pecho, un miedo indescriptible, en ocasiones miraba a Darío, quien desde lo sucedido con Alba no había vuelto a pronunciar palabra y caminaba todo el tiempo detrás, con la cabeza baja y mirada perdida.

Los pasos del trio, era lo único que se escuchaba en la avenida vacía, el choque de los zapatos al contacto con el concreto. Las calles eran un desastre, una imagen que solamente hubieran visto en su peor pesadilla, era imposible que esto hubiera avanzado tan rápido, que la ciudad se hubiera convertido en un pueblo fantasma en cuestión de días. Todo lo que miraban era producto de aquel ataque del cual había sido espectador Mateo, y de muchos que seguramente habían sucedido los días anteriores, autos chocados, autobuses volcados, en las rejas del metro había mucha sangre, cada kilómetro recorrido era más desolador. La profesora se acercó a mirar un poco al enrejado que cubría las vías del metro e inmediatamente se agachó, hizo señas a Mateo para que se acercara sin hacer ruido, subió con cuidado por el pequeño nivel para poder ver lo que había del otro lado. Parecían petrificados, parados sobre las vías. Alguno de sus sentidos se activaba al acercarse alguna persona y los hacia empezar a moverse.

    Mientras caminaban, Mateo miraba su celular y lo levantaba buscando señal, desde hace dos días no se comunicaba con su familia y tampoco podía ver como estaba el resto de la ciudad.

    Al llegar a la siguiente avenida el panorama no cambiaba mucho, no había nadie ahí, el camino hasta su destino era largo, sin embargo, comenzaba a ver las ventajas de estar acompañado, ya que hacia menos aburrido el camino, trataban de no hablar mucho para no llamar la atención pero de vez en cuando intercambiaban palabras. Mateo sentía que sus planes se retrasaban, ni Darío ni la profesora tenían a donde ir, ambos vivían lejos de donde se encontraban y regresar a casa no parecía una opción para ninguno, no sabían si su hogar y su familia seguían ahí.

    El ruido de un auto se acercaba a ellos, estos le hicieron señas para que se detuviera. El hombre que iba dentro del auto los ignoró y simplemente aceleró. El ruido inquietó a los infectados que estaban dentro del enrejado. Se escuchaban sus gruñidos.

    Mateo apretó los labios y puños, dando un golpe al aire, para luego acercarse a la profesora.

    Caminaron un par de kilómetros, estaban buscando agua, los locales estaban vacíos, revisaron dentro de los bolsos y mochilas olvidadas. Unos metros adelante, a unas cuantas calles de un hospital, se encontraron con una imagen aterradora. Cientos de cuerpos ensangrentados sobre el asfalto, con disparos en el cuerpo. Parecía que hubiera sucedido un enfrentamiento, el lugar estaba rodeado de patrullas abandonadas.

    —El camino se está complicando mucho, tenemos que encontrar un lugar para refugiarnos antes de que oscurezca. Aquí en la calle corremos mucho peligro, no solo por esas cosas, también por los que aún son humanos- dijo Mateo.

Se alejaron rápidamente del lugar, algunas calles adelante se detuvieron, la profesora se quedó pensativa y con los brazos cruzados, mirando hacia todas partes, pensando en algún lugar a donde ir, pero a su alrededor solo había autos abandonados.

—¡Ya lo tengo!, síganme.

—¿Qué?- dijo Mateo.

Darío levantó la vista, dudando. Se quedó en su sitio y observó a Mateo ir detrás de la profesora.

Ella se adelantó rápidamente, dirigiéndose hacia uno de los autos y entró en él.

—¿Lo ves? , funciona, al parecer aún tiene batería, además tiene la llave, con esto viajaremos más seguros y llegaremos más rápido con tu hermana- Una sonrisa iluminó el rostro de la profesora.

—¿Pero cómo se dio cuenta de esto?

—Se alcanzaban a ver las luces encendidas, por eso me di cuenta, para ser biólogo en formación eres muy poco observador Mateo, te hace falta práctica.

Ambos hicieron señas a Darío para que los siguiera hasta el auto, respondió con una pequeña sonrisa, estaba por dar un paso adelante, cuando vio algo moverse dentro de un taller mecánico que se encontraba a un lado de la avenida. Se quedó quieto un momento intentando identificar lo que era. Dentro del taller había dos de los infectados, aparentemente sentados, pero al escuchar las risas lejanas comenzaron a tener movimiento y se levantaron. La profesora estaba por arrancar el auto.

—No, no, no, no- susurró Darío mientras movía la cabeza e intentaba llamar la atención de ambos, mediante señas.

Se escuchó el motor del auto encenderse.

—¡Carajo!- Darío corrió hacia el auto lo más rápido que pudo, gritando- ¡Abre la puerta, acelera, vámonos!

Al escuchar el motor del carro los dos infectados que se encontraban dentro del taller, se levantaron, corrieron en la dirección del auto. Mateo abrió la puerta trasera para que Darío subiera, este iba detrás del auto, con el par de *zombis* siguiéndolo. El auto no iba tan rápido para que los pudiera alcanzar.

—¡Vamos, corre más rápido!- Gritaba Mateo.

—¡Eso intento!- de pronto la cara de Darío cambió, parecía asustado y solo señaló hacia adelante.

Mateo volteó al frente. Como si fueran ratas salieron infectados de todas partes, miró nuevamente a Darío. Este seguía corriendo, solo asintió con la cabeza, Mateo se negaba, sabía lo que Darío quería decirle.

—¡Acelera, váyanse!

—¡No, profesora pare!

—¡No paren, váyanse!- se detuvo Darío- ¡Perdónenme!- gritó Darío quedándose atrás.

La profesora aumentó la velocidad, alejándose del lugar, algunos de los infectados se arrojaron al auto, tenía cuerpos descarnados por todo el parabrisas, mientras ella hacía maniobras para que cayeran. Logró deshacerse de algunos, pero no paraban de salir de las calles cercanas a la avenida, el ruido del auto en la avenida los atraía. Metros adelante la profesora intentó evitar un grupo que se aproximaba, pero de frente se encontró con una camioneta de mensajería que había quedado a mitad de camino, al esquivarla perdió el control, intentó frenar pero no evitó el choque contra un muro.

Los infectados estaban sobre el auto, intentaban romper los vidrios. Ambos estaban aún aturdidos por el choque, sólo se recostaron lo más abajo que pudieron de los asientos, el vidrio del parabrisas se quebró. Mateo vio la mano de uno de ellos cerca de su rostro y cerró los ojos. De pronto se escuchó el motor de lo que parecían motocicletas, seguido de disparos, lo que hizo que abriera los ojos. Frente a él seguía la mano, pero sin movimiento.

Todo sucedió tan rápido que no sabía lo que estaba pasando, a su lado estaba la profesora con los ojos cerrados y las manos en los oídos, una figura humana se acercó al auto.

Los vidrios de los costados estaban manchados de sangre y no permitían ver con claridad. La silueta quito el cuerpo sin vida, pero el sol solo mostraba una sombra, Mateo intentó ver si se trataba de un infectado u otro sobreviviente.

—¿Estas bien muchacho? fue un choque bastante fuerte- Preguntó la voz de un hombre.

—Sí, estoy bien.

—¿Y la señorita?

—También estoy bien, muchas gracias, nos han salvado.

- Me llamo Armando.

Mateo miró a su alrededor vio a varios hombres y mujeres en motocicleta. Todos con armas.

—Tranquilo muchacho, estamos aquí para ayudarlos.

Se alejaron del auto y los colocaron cerca de la acera, estaban sentados debajo de un árbol, una de las mujeres le acercó una botella con agua a Mateo.

—Se ven cansados- les mencionó.

—Bueno, todos lo estamos colega. No es fácil lidiar con todo esto- Dijo Armando, mirando a la mujer

Se escuchó acercarse una última motocicleta, se colocó junto al grupo, dos personas viajaban sobre ella, ambos bajaron de la moto y Mateo no pudo evitar la sonrisa al ver el rostro de la persona que se encontraba detrás del conductor.

—Te salvaste cabrón, me alegra mucho tenerte de vuelta – se levantó y se acercó a abrazarlo.

Darío comenzó a reír –sí, creo que mala hierba nunca muere, pero bro, no tienen idea del miedo que sentí de transformarme en una de esas cosas.

La profesora se acercó a abrazarlo –Sabes que nunca tuvimos la intención de dejarte.

—Sí, si lo sé y yo tampoco les iba a pedir que se quedaran, ya me equivoqué una vez y no me hubiera gustado que por mi culpa se perdieran dos vidas más.

La profesora agradeció en nombre de los tres el haberlos salvado.

—Pero, ¿cómo fue que llegaron hasta aquí?- preguntó la profesora.

—Pues digamos que nos los encontramos por casualidad. Miren, todos éramos policías de tránsito. Supongo que pueden deducirlo por el uniforme, pero vamos, los llevaremos a un lugar más seguro, se ve que no han comido, ni dormido bien.

Armando quién era el jefe del grupo era un hombre delgado, piel morena, cabello ondulado, barba y rasgos de una persona extremadamente sería, al caminar cojeaba un poco por una lesión que tenía en la rodilla.

Llevaron al grupo a lo que parecía una de las bodegas de un centro comercial, era un edificio, rodeado por una pequeña barda y rejas en su mayoría, sin embargo, los policías se habían encargado de modificarlo para evitar que los infectados entraran.

Cuando llegaron los llevaron al comedor, era un lugar pequeño pero bastante cómodo para las veinte personas que ahí se encontraban. Mateo reconocía ese edificio, pues había pasado muchas veces por ahí, recordaba el comedor, este tenía un gran cristal del cual se podía observar hacía la calle, pero ellos lo habían cubierto con muchas sábanas.

—¿Cómo fue que encontraron este lugar?- preguntó Darío.

—Lo tomamos prestado, estábamos en busca de comida, entramos al lugar, nos encargamos de los mutantes que estaban aquí y lo convertimos en nuestro hogar. Aquí tenemos comida suficiente para varios meses.

—Pueden quedarse sin ningún problema, nos dedicamos a dar rondines buscando sobrevivientes, ayer por la tarde encontramos a la señora que está en la mesa del fondo con su hija, llevaban ocultas dos días en un contenedor de basura detrás de un edificio.

Los tres escuchaban atentos lo que la oficial les contaba mientras comían un poco de sopa instantánea.

—¿Y ustedes?, ¿Qué hacían en la calle? - les preguntó Armando.

—Bueno, es una historia larga, yo me dirijo hacia el sur, voy en busca de mi hermana. Estuvimos varios días en una preparatoria, ahí conocí a Darío, a la profesora ya la conocía de hace años y nos encontramos por casualidad justamente ahí. Decidieron acompañarme a casa de mi abuelo, creemos que así estaremos seguros, hace un par de días hablé con mi hermana y me aseguró que el abuelo y la familia tenían todo bajo control, pero fue lo último que supe, nos hemos quedado sin señal y no logramos comunicarnos con nadie.

—¿El sur? muchacho eso está aún lejos y muy difícilmente llegarás vivo - dijo uno de los policías.

—Guarda silencio hermano, no desanimes al muchacho- dijo Armando.

—Mira, comunicarte en este momento va a ser un poco difícil, el servicio se cayó anoche, al igual que la electricidad, así que debes tomar una decisión, seguir adelante y buscar a tu hermana o pueden quedarse con nosotros, como ya te han dicho, aquí no nos faltará alimento en un largo tiempo y cuando eso suceda buscaremos más, piénsalo.

Después de comer, Armando les mostró el almacén y la bodega donde dormirían, Mateo salió al estacionamiento del lugar y se quedó sentado en la zona de descarga, Darío se sentó junto a él y acercó una cajetilla de cigarros.

—¿Quieres?

—Sí, gracias.

—Bueno jefe, ¿qué haremos?- dijo Darío con el cigarro en la boca.

—¿Jefe?, no lo sé, tú y la profesora deberían quedarse, no encontrarán un lugar más seguro.

—¿De verdad crees que a estas alturas exista un lugar seguro?

Mateo se quedó pensativo sobre lo que Darío acababa de decirle.

Durante la noche no pudo dormir, estaba inquieto sobre una colchoneta, daba vueltas una y otra vez sin poder dormir. Sacó su celular, lo encendió buscando señal como todos los días, el celular marcaba en la pantalla, "sin red", entró nuevamente en su galería. Se preguntaba como estaría su familia, Nicole y Sebastián; mientras pasaba una a una las fotografías, encontró la última fotografía que se tomó con su familia, en el cumpleaños de su madre. La colocó como fondo de pantalla, apagó su celular e intento dormir.

Por la mañana, mientras desayunaban, Mateo se acercó con la profesora y Darío. Les dijo que quería seguir adelante, sabía que su hermana estaba con vida y no iba a descansar hasta llegar con ella.

Mateo tenía una razón muy fuerte para insistir en estar con ella, cuando era pequeño soñaba con ser el hermano mayor, sus padres habían tardado muchos años en darle una hermanita, cuando ella nació, él se sintió muy feliz y la cuidaba pese a la diferencia de edad que existía entre ellos. Sin embargo, en preescolar ella tuvo un accidente, pasó semanas en el hospital, sin poder caminar y su recuperación tardó varios años. Mateo siempre le hacía dibujos o inventaba juegos para que ella no se sintiera tan aburrida en el hospital, se prometió a si mismo siempre estar para protegerla y nunca dejarla sola, esta no sería la excepción.

Sus compañeros intentaron hacerlo cambiar de idea, pero él estaba convencido de lo que tenía que hacer, se levantó de la mesa y salió en busca de Armando, fue hacia la oficina que se encontraba en el primer piso del almacén, Armando estaba junto con la oficial, determinando una nueva ruta de rescate; Mateo toco a la puerta.

—Adelante muchacho, pasa.

—No quiero interrumpir.

—No interrumpes, adelante.

—¿Puedo preguntar qué es eso?- dijo Mateo señalando el mapa que se encontraba en la pared.

—Ya lo has hecho- Armando comenzó a reír.

La oficial comenzó a explicarle los símbolos que tenían en el mapa

- Verás, las zonas que se encuentran encerradas, son áreas que aún no hemos revisado, solo estamos trabajando con la zona, quizá más adelante extendamos el mapa, pero necesitamos un equipo mejor preparado y más armas.

—¿Y las zonas encerradas que están tachadas?

Armando y la oficial se miraron- son zonas a las que ya hemos ido y están en completa destrucción, no hay nadie con vida ahí, sólo resucitados.

Mateo se quedó parado frente al mapa, la mayor parte de la zona estaba tachada, la duda lo invadió, quizá la decisión que estaba tomando no era la correcta, la voz de Armando lo sacó de sus pensamientos.

—¿Perdón?

—¿Que, en que puedo ayudarte?

—Ah sí, venía a agradecerte por el apoyo pero ya tomé una decisión, quiero ir con mi familia.

Armando colocó sus manos sobre el escritorio, miró a la oficial- Ok, nos vamos al amanecer.

Mateo se sorprendió al escuchar esa respuesta, agitó la cabeza negando, pero Armando prometió ayudarlo a acercarse lo más que pudieran.

Ambos caminaron por todo el almacén, mientras platicaban prepararon lo que necesitarían para el viaje, fueron al comedor, llenaron un par de mochilas con lo necesario, comida, algo de ropa y le dio a Mateo un cuchillo.

—¿Dónde te encontrabas cuando todo esto sucedió?- preguntó Mateo.

—Trabajando, estaba en el cruce de una de las estaciones del metrobús. El día estaba un poco flojo como desde hacía unas semanas, muy pocos autos transitaban. Me encontraba en la acera cuando el metrobús que se acercaba a la estación iba a alta velocidad, lo que me pareció muy extraño. En la estación se encontraba otra de las unidades, fue una escena tan rápida, solo vi el momento en el que el metrobús se impactó. La gente que se encontraba en la estación y el oficial, se acercaron para ver lo que había pasado, comenzamos a alejar a las personas para evitar otro incidente, había mucho humo alrededor, un compañero y yo alejamos a la mayoría de las personas; mientras Orlando, otro compañero, trataba de ayudar a los heridos, se acercó a ayudar a un niño que estaba muy herido, tenía el brazo completamente quebrado. Orlando pidió ayuda a nuestro compañero para sacar al niño y cuando se acercó vio que la mirada del niño no era normal, él se alejó y le pidió a Orlando que hiciera lo mismo, pero ese hombre tenía un gran corazón y no quería dejar al niño ahí. Fue entonces que escuché un grito, el niño atacó a mi compañero y la gente se volvió loca al ver como el niño salía por si solo del autobús, con el brazo completamente fuera de su lugar. Comenzó a atacar a todo aquel que tenía cerca. Quisimos ayudar a Orlando, lo llevamos al hospital pero al ver la herida se negaron a atenderlo. La fiebre por la infección avanzó demasiado rápido. Esa noche murió, pero a los pocos minutos despertó. Pensamos que era un milagro, pero ya no era nuestro amigo, se había convertido en un caníbal sin otro propósito más que el de matar. Al resto del grupo los encontramos cuando huíamos en busca de un refugio. Con Orlando, no tuvimos otro remedio que dispararle, no existe otro modo de controlarlos.

Mateo se quedó sin palabras, continuó metiendo las cosas en su mochila y el miedo de seguir, volvió a invadirlo.

—Eres muy fuerte hijo, sé que pronto llegarás con tu hermana- dijo Armando dándole ánimo y una esperanza al muchacho.- Mateo le respondió con una sonrisa.

Por la noche, después de cenar un poco, caminaba hacia su dormitorio; por una de las ventanas se veía el estacionamiento. En él, dos policías y Darío jugaban con la niña, mientras los demás los observaban. Se paró a un lado de la profesora.

—Deberías jugar un rato- Le sugirió ella.

—No, gracias, me pasaría lo mismo que a él- señaló con la cabeza a Darío, mientras todos lo atacaban con globos de agua.

Darío se acercó a donde se encontraban, estaba escurriendo de agua, los demás se reían de él.

—Bueno, creo que es hora de ir a dormir- sacudió su cabello mojado.

—No puedo creer que una niña te venciera.-Se burló Mateo.

—No es justo, los demás la estaban ayudando.

—¿Cómo te fue con Armando?- preguntó la profesora.

—Bien, supongo. Nos iremos mañana por la mañana.

La expresión de alegría que tenían los tres, se borró y todo quedó en silencio, nervioso, Mateo habló nuevamente.

—No tienen idea de las cosas que ha vivido Armando- comenzó a contarles la historia que escuchó por la tarde.

—Sí, Gloria, la mamá de la pequeña Regina también me contó cómo fue que las encontraron- dijo la profesora.

Gloria era mesera, su marido taxista, rentaban un cuarto cerca del trabajo de ella. Cuando todo comenzó, ambos tuvieron que dejar de trabajar. El dueño del edificio les pidió el cuarto porque estaban atrasados con la renta, pero no tenían el suficiente dinero. A pesar de la alerta su esposo siguió saliendo, intentaba conseguir comida con el poco dinero que les quedaba. Ella se quedó con la niña en casa.

Un par de días después, en los cuartos de arriba se comenzaron a escuchar ruidos extraños y gritos. Su marido no estaba, se encerraron en el cuarto, hasta que escucharon como uno de sus vecinos gritaba porque su hermano le había arrancado una mano, los vecinos se alertaron. Gloria llamó a su esposo para advertirle que no regresara, pues era peligroso. El teléfono sonó, justo cuando él iba entrando al edificio, el sonido del celular atrajo a los infectados y lo atacaron. Ellas intentaron ocultarse en el cuarto esa noche, pero los infectados eran cada vez más, algunos se transformaban en minutos; otros en horas. Lograron escapar, al llegar a la calle, corrieron hasta encontrarse con el contenedor de basura detrás de unas oficinas, y ahí se ocultaron hasta que Armando y su grupo las encontraron.

Después de escuchar esa historia los tres se quedaron callados, sentados en la oscuridad, cada uno sobre su colchoneta, pensando en lo que habían vivido y en lo que les esperaba en su nueva vida.

El sol apenas comenzaba a salir, Mateo y Armando estaban colocando sus cosas en la motocicleta, cuando Darío se acercó con una mochila en su espalda – ¿Tú crees que te vas a ir solo?, vamos, que voy contigo, quiero conocer a la famosa hermanita, además, seguramente vas a necesitar a alguien de carnada si esas cosas se te acercan.

—¿Sabes usar la moto?- Preguntó Armando y Darío asintió con una gran sonrisa. Subieron a las motocicletas, se despidieron de la profesora, esta les pidió que se cuidaran porque quería volverlos a encontrar cuando todo terminara.

—Recomendación número uno muchachos. No se acerquen a nadie que no estén seguros que está libre de infección. Dos, disparen o golpeen directamente a la cabeza, de otra forma seguirán buscando comerlos- les decía Armando.

Las calles parecían libres, como si la infección no hubiera pasado por ahí, pero eso no los mantenía seguros, había muchas casas a los costados de la avenida, así que Armando prefirió ir por una avenida más alejada. Cuando intentaron pasar, vieron que había tres patrullas, bajaron para buscar armas o algo que les fuera útil en su viaje. Entre los autos se encontraba un autobús chocado, dentro de él había un hombre sobre el volante, ya en putrefacción y mutilado. Mateo lo reconoció, era el hombre que le había disparado al chofer en la central, al parecer no había llegado lejos, las puertas del autobús estaban abiertas, todo indicaba que había sido atacado.

En el trayecto encontraban algunos *zombis*, desplazarse a través de la ciudad, era cada vez más complicado. Llegaron hasta el centro de la ciudad, la motocicleta de Armando comenzó a fallar. Se detuvieron en el monumento a la Revolución para revisarla, ahí tomaron un descanso.

Era extraño el silencio que había en ese lugar, siempre lleno de niños, parejas y familias enteras que iban los fines de semana a divertirse. Ahora sólo tres personas de los pocos sobrevivientes pisaban ese lugar.

—Oigan, creo que tenemos compañía- Darío estaba bastante nervioso, mientras Mateo y Armando estaban revisando la motocicleta.

Ambos voltearon hacia donde señalaba, notaron que se acercaba un pequeño grupo de infectados- Quizá el ruido de las motocicletas los alertó, hay que irnos de aquí- dijo Armando, subiendo a su motocicleta.

—Yo creo que vamos a tener que cambiar de dirección.

—Darío, basta me pones más nervioso.

Se acercaban tres grupos más de infectados a gran velocidad, del sótano del monumento salían algunos más. Armando intentaba echar a andar la motocicleta pero no arrancaba.

—Vamos, vamos, no me hagas esto- Se escuchaba el sonido ahogado del arranque.

—Armando

Nuevamente intentaba arrancarla.

—Vamos.

—Armando date prisa.

—¡Darío, no me presiones!

Al fin logró encender la motocicleta, tuvieron que cambiar su dirección. Los *zombis* cubrían su camino, necesitaban deshacerse de ellos, más adelante un grupo de resucitados se acercó a la motocicleta donde iban Armando y Mateo, este volteo y les disparó. El ruido del disparo provocó atraer más infectados que se encontraban cerca, Armando se dio cuenta del error que había cometido. Ambos aceleraron, pero la multitud de infectados los estaban siguiendo, fueron en dirección hacia el palacio de Bellas artes, cruzaron por el parque, seguidos por los infectados. Mientras huían se escuchó un silbido a un costado del palacio. Mateo buscó de dónde provenía, a lo lejos vio a un hombre asomándose y levantando las manos haciendo señales, Mateo le mostró a Armando y con un movimiento de cabeza indicaron a Darío el camino. Llevaron las motos hacia allá, entraron al metro, mientras otro grupo de hombres cerraba las puertas y unas rejas más, que ellos habían adaptado.

El impacto impulsó a los chicos fuera del vehículo, la motocicleta de Armando se estrelló contra los torniquetes. Los hombres les ayudaron a levantarse, cuando alzaron la mirada, estaban rodeados por un grupo de personas armadas con todo tipo de instrumentos y un par de perros.

# 7

La motocicleta de Armando había quedado completamente inservible después del impacto.

Un grupo de hombres se acercó a ellos para revisarlos físicamente; ojos, nariz y boca para asegurarse que no tuvieran alguna herida.

—Apenas y lo lograron amigos, felicidades por esa hazaña- un hombre se acercó a ellos, portaba un arma al costado derecho de su cinturón y un escudo de acrílico- Vamos, estar aquí no es del todo seguro-Llevó a Mateo y sus compañeros hasta las escaleras. Caminaron a través de los pasillos totalmente en silencio, el parpadeo de las lámparas que aún funcionaban acompañaba al pequeño grupo en su trayecto. Al llegar a los andenes se encontraron con las orillas rodeadas por costales, atravesaron esa protección y saltaron a las vías.

Darío miraba a Armando buscando una respuesta de a donde los llevaban. Armando levantó los hombros ignorando lo que estaba pasando, caminaron por el túnel dirigidos por el hombre del escudo y cinco personas más detrás de ellos. El grupo tomó una desviación que cruzaba con el túnel, Armando hizo una señal a los chicos para que estuvieran prevenidos ante cualquier evento extraño.

El sonido de las gotas de agua cayendo, las piedras de las vías moviéndose con sus pisadas era lo único que se escuchaba, los roedores que ahí se encontraban salían corriendo de su escondite al sentir su presencia, el ambiente era tenso.

Una luz amarillenta era visible a lo lejos, al acercarse se encontraron con varios grupos de personas entre los que también se encontraban niños. Los huecos formados por la construcción de los túneles del metro, habían sido adaptados como dormitorios. Los hombres que custodiaban a Mateo y los chicos se reunieron con sus familias. El hombre del escudo se presentó.

—Ahora sí, disculpen tanto misterio, pero es por seguridad. Mi nombre es Mauricio, bienvenidos a la nueva colonia subterránea que hemos formado. Aquí nos encargamos de alimentar, cuidar y proporcionar armas a todo aquel que encontramos. Afortunadamente aún contamos con luz, gracias a la planta encargada de hacer que el servicio funcione; aunque no sabemos cuánto tiempo más pueda durarnos el combustible de la planta, mientras tanto hay que aprovecharlo tanto como se pueda. Tenemos una radio, con la que de vez en cuando podemos escuchar los mensajes que se transmiten. ¿Quién imaginaría que algo tan antiguo, sería el mejor medio de comunicación en este momento?, teniendo tanta tecnología. Muy pocas veces tenemos señal de internet pero llega a suceder.

—Una sociedad subterránea- dijo Armando sorprendido.

—Así es señor.

—¿Y cómo es que mantiene a los infectados lejos de esta zona o de estos túneles?

—Como pudieron ver este es un túnel provisional, se usaba para conectar con otras líneas del metro. Al otro lado uno de los trenes chocó, cubriendo por completo esa entrada, de ahí venimos algunos de nosotros. Del otro lado hemos instalado trampas y cubierto con costales de arena, tal como lo vieron al llegar, para evitar el paso de esos mutantes. Además intentamos mantener a los niños alejados de esa zona, para evitar el ruido. La entrada de aire está controlada por las rejas de ventilación que ya poseía el sistema.

Mauricio los llevó hacia uno de los huecos del túnel donde se instalaron, él llamó a una de las mujeres y pidió que revisara los golpes de Armando y Mateo.

—Ella es Esme, era enfermera en un hospital muy cerca de aquí, la encontramos encerrada sola en una de las habitaciones, vio morir y revivir a muchos de sus compañeros.

La chica miraba con tristeza a Mauricio mientras relataba su historia.

—¿Han sabido algo más del virus?, ¿Qué fue lo que paso realmente?- Interrumpió Mateo.

—Hay muchos rumores, por ejemplo, un ataque terrorista a Estados Unidos. Esme escuchó otra versión en el hospital.

La chica dio un suspiro y comenzó a hablar- la versión oficial hasta el momento, habla de un experimento que se estaba realizando al sur de Wisconsin, al parecer estaban intentando revertir o ayudar a detener la muerte celular mediante un virus, pero una de las pruebas salió mal. El virus que estaban desarrollando aceleró la muerte celular en muchos de los órganos, provocando la muerte de las personas en las que se estaba realizando la prueba, sin embargo, el virus tiene cierto porcentaje de eficacia, ayudando a revertir la muerte cerebral de ciertas zonas de los hemisferios, lo cual suena lógico y por ello no cuentan con razonamiento, lenguaje, dolor; pero sus habilidades motrices y necesidades alimentarias están intactas. Las personas que estaban a prueba fueron vacunadas y puestas en cuarentena en sus hogares. El virus se propagó rápidamente, nunca pensaron que fuera capaz de transmitirse.

—Si el resto de su cuerpo está muriendo, eso quiere decir, ¿Qué pronto estarán en putrefacción?- Darío preguntó con inquietud.

—No lo sabemos.

—Si es así entonces en algún momento todos morirán, ¿No? y entonces podremos estar a salvo.

—O todos estaremos contagiados y moribundos- agregó Armando.

—El ser humano lleva miles de años, buscando la vida eterna y al acercarse solo encontró su propia destrucción. Debemos entender que hay cosas que no se pueden cambiar.

Esme terminó las curaciones de las heridas de Armando, se levantó y regresó a su dormitorio. Los tres se encontraban serios, Mauricio intentó dar ánimos.

—Bueno, no pensemos ahora en ello, por ahora estamos a salvo.

—Tengo una duda Mauricio, ¿Cómo fue que iniciaron este refugio?- Preguntó Armando colocando nuevamente su chamarra.

—El día que enviaron el mensaje de alerta, yo no me enteré, yo era contador en una bóveda de un banco, trabajaba de noche, no teníamos permitido el uso del teléfono, ni de ningún aparato. Esa mañana llegó nuestro jefe, nos dijo que teníamos que dirigirnos directamente a casa, nos explicó lo que estaba pasando. Al salir la ciudad era un desastre, gente corriendo de un lado a otro, locales siendo saqueados, el transporte no se daba abasto, cuando al fin logré subirme al metro, nos quedamos parados por una hora en el túnel. Yo me encontraba recargado en uno de los tubos, cuando algo nos impactó. El ruido se escuchó demasiado fuerte, la luz de los vagones se apagó, empezamos a bajar a los heridos, pero no contábamos con que dentro del tren que nos impactó había contagiados. Se escucharon gritos al fondo, las ventanas se manchaban de sangre, subimos a nuestro tren, abrimos una de las puertas del otro lado y salimos hacia este túnel. Otro hombre y yo intentamos rescatar a la mayoría, pero fue imposible. Cerramos nuevamente las puertas porque el vagón se estaba llenando de esas cosas. Tiempo después regresamos y sellamos las puertas con más costales y materiales que hemos encontrado. Algunos son sobrevivientes de ese choque, otros gente que hemos encontrado cuando salimos por comida.

Al terminar el relato, Mauricio se retiró, Darío y Armando, permanecieron en el dormitorio, se encontraban exhaustos después de la persecución de los infectados.

Mateo por su parte, dio un paseo para conocer el túnel mientras observaba a todos los que estaban ahí. Vivir bajo tierra les daba una esperanza, no se veían felices, pero estaban tranquilos y hacían su vida como si siempre hubieran vivido de esa manera. Los niños jugaban en el túnel como si nada hubiera pasado, las madres platicando con otras madres. A su mente vino su familia, los extrañaba. No sabía cómo estaban sus padres, pensaba en la última vez que habló con su madre, como colgó el teléfono y fue la última vez que escuchó su voz.

—¡Hey! Muchacho, ¿Alguna vez has usado una espada?- Le preguntó un hombre a Mateo.

Mateo arqueando las cejas dijo que no, el hombre le pidió que se acercara, le mostró el arma, e insistió en enseñarle a utilizarla. Era un hombre ya mayor, robusto con barba abundante.

—Me llamo Josué, cualquiera pensaría que estoy loco por enseñar a mi hija Camila a usar un arma, pero no estamos en tiempo de decidir quién debe, o no saber manejar un arma, si yo no estuviera con ella en un momento de peligro, ella tendría que defenderse sola y prefiero que sepa cómo hacerlo.

—¿De dónde ha conseguido una espada?- lanzó una risa tímida Mateo.

—Bueno, hoy en día tienes que buscar con que defenderte hijo, reaccionar o morir, debes ir un paso adelante de esos monstruos si quieres seguir con vida, la espada la conseguí en una de esas tiendas de chinos.

—Estoy de acuerdo en eso y gracias, luchar contra esas cosas no es fácil y manejar el miedo cuando te encuentras frente a ellas es muy difícil.

—¿Tienes hambre?- Mateo asintió.

Josué le invitó un par de rebanadas de pan con mermelada, le presentó a Camila; una niña de doce años, los tres se encontraban sentados alrededor de una lámpara mientras comían.

—¿Saben algo acerca del resto del mundo?

—Están en la misma situación muchacho, la civilización como la conocíamos está desapareciendo, las grandes potencias tampoco han logrado contener el virus. Es un enemigo invisible, cuando menos lo esperas está cerca de ti. Al principio hablaban de ciertos síntomas, pero el virus reacciona de manera diferente, he visto transformarse personas en minutos y otros en días. Maldito virus RB84.

—¿Cómo?- preguntó Mateo.

—RB84, me parece que ese el nombre que le han dado.

Mateo asintió, luego miró a su alrededor, dentro del túnel había personas de todas las clases sociales y nacionalidades, todos conviviendo en un mismo lugar, eran aproximadamente cincuenta personas.

-Sí, lo sé es una mezcla cultural extraña, todos hemos tenido que adaptarnos, por ejemplo la pareja del fondo son judíos y hemos aprendido bastantes cosas de su religión. En muchas ocasiones cometíamos imprudencias sin saber, también hemos buscado la manera de comunicarnos con algunos extranjeros, hay una familia coreana, poco a poco están aprendiendo español y nosotros un poco de coreano.

—¿Cómo llegaste aquí?- preguntó Mateo a Josué dando un mordisco a su rebanada de pan.

—Mauricio nos rescató, muchos de nosotros estábamos aquí de paseo, retando a nuestra suerte después de que levantaran la alerta, minimizando lo que estaba pasando. En mi caso estaba con mi hija Camila en el parque, ella llevaba ya mucho tiempo encerrada y aburrida, se me hizo fácil llevarla a divertirse un rato. Estábamos tranquilos, cuando una mujer, dos bancos después del mío comenzó a toser mucho, pensamos que se estaba ahogando, dos hombres se acercaron a ayudarle, llamaron a un oficial, ella comenzó a vomitar sangre, para cuando llegaron los paramédicos la mujer había muerto. Mientras caminaba con mi hija de regreso, escuchamos gritos, cuando vi que la gente se acercaba corriendo tomé a Camila en mis brazos, no sabía dónde esconderme, así que nos metimos en una de las calles, unos edificios adelante había un cine, la puerta de empleados estaba abierta, muchos entramos, fui a los baños y permanecí ahí hasta que deje de escuchar ruido, estuve alrededor de doce horas encerrado en un baño. Cuando salimos, había mucha gente herida, otros a los que les faltaban extremidades, y pedían ayuda. Había muertos por las heridas, lo que había pasado allí era una masacre. Salí del cine con mi hija y la calle era la misma escena pero en mayor grado, encontré a un vagabundo agachado cerca del basurero, traté de hablar con él, pero cuando volteó a verme su mirada era extraña, luego intentó atacarme, tuve suerte de que Mauricio llegara en ese momento para ayudarme, pero ese hombre ya era uno de ellos, era un *revenant*.

—¿Un *revenant?*- preguntó Mateo intrigado.

—Sí, así les llama Marie, una mujer francesa, no habla español pero siempre que ve a esas cosas cerca le llama *revenants*, ¿Y ustedes porque están aquí muchacho?

—Vamos por mi hermana.

—¿Dónde está?

—Al sur de la ciudad.

—¿Es menor que tú?

—Sí, seis años.

—¿Cómo se llama?

—Maite- sonrió recordando a su hermana.

—Tranquilo muchacho sé que pronto estarás con ella- el hombre colocó su mano sobre el hombro de Mateo.

Sin darse cuenta pasaron tres semanas, se estaban acoplando a vivir en ese lugar, aprendieron técnicas de defensa con Josué; quien también era maestro de artes marciales, tenían ropa, alimento, los tres se sentían cómodos. Habían intentado salir en busca de Maite, pero las cosas se complicaban ya que la ciudad se encontraba completamente destruida y el número de infectados había aumentado.

Los tres se habían unido a la brigada de vigilancia del lugar, ahí les habían brindado un uniforme muy parecido al de los policías, color negro.

Mateo ya con una barba más notoria caminaba por los pasillos del metro haciendo un rondín junto a Zeus, uno de los perros de vigilancia. De pronto sintió que algo vibraba en su chamarra, se detuvo y sacó su celular. Hace días que había logrado cargarlo, envió un mensaje a su hermana, pero el mensaje no había llegado, no perdía la esperanza. Al parecer el servicio de internet había regresado y tenía varios mensajes.

*"Mamá: Hace días que no sé nada de ti, ni de tu hermana, por favor dime que estas bien, tu padre está desesperado."*

*"Nicole: La comunicación va y viene, me gustaría saber que estas bien, nos tienes preocupados a todos, espero en algún momento puedas ver este mensaje, el encierro es horrible, he estado pensando... Cuándo esto termine quiero salir un día de lluvia y mojarme como nunca antes lo he hecho y te advierto tienes que venir conmigo. Cuídate por favor."*

*"Maite: Logré salir de casa de Sofía, ahora estoy en casa del abuelo, ven aquí. Te quiero".*

Intentó regresar el mensaje pero el servicio se fue nuevamente. Corrió hacia donde estaban Armando y Darío, les mostró el mensaje y sin dudarlo empezaron a empacar. Pidieron a Mateo que regresara a vigilar para cuando terminara su turno se pudieran ir.

Mateo se mantuvo despierto toda la noche, sentía emoción y nuevamente esa esperanza de volver a ver a su hermana, regresaba esa fuerza para llegar hacia ella sin que ningún infectado pudiera evitarlo, ya no sentía miedo, solo coraje y ganas de verla.

Regresando de su rondín, iba caminando lo más rápido que podía para recoger sus cosas e ir por su hermana, él debía pasar a informarle a Mauricio. Antes de girar en la entrada al segundo túnel, vio a una persona caminando lentamente hacia una zona que tenían prohibida, Mateo intentó acercarse a la persona pero alguien lo tomó del brazo.

—No, *revenant, revenant*- repetía desesperada Marie.

—No, tranquila.

—*Revenant, revenant, revenant*- susurraba y hacia señas para que se fueran a los dormitorios.

Marie mostraba una gran desesperación y hacía todo lo posible para que Mateo no se acercara. A lo lejos alcanzaron a ver dos sombras que se movían de forma extraña. Comenzaba a creer que Marie tenía razón, lo que estaba viendo eran infectados; habían encontrado la forma de entrar y estaban a punto de acercarse a los sobrevivientes.

Mateo se acercó con mucho cuidado, se sentía preparado para enfrentarse a uno de ellos, pero cuando él lo sintió cerca, volteó e intento atacarlo. Mateo sin dudarlo tomo su cuchillo y lo enterró en la cabeza del infectado; los dos restantes aún se encontraban lejos, se habían desviado, sin notar el segundo túnel. Marie y Mateo iban de regreso a los dormitorios. Zeus gruñó detrás de Mateo, este intentó calmarlo, y enseguida comenzó a ladrar, lo que alertó a los otros infectados, quienes comenzaron a seguirlos, Mateo jaló el brazo de Marie la puso detrás de él para protegerla, golpeó a uno de ellos con la macana y al otro le clavo nuevamente el cuchillo en un ojo y este se atascó, pidió a Marie que fuera por ayuda. Al fondo del túnel se escucharon pasos de gente que parecía estar corriendo, Mateo sabía que nadie podía venir de esa dirección, solo había una explicación, más infectados se acercaban y su cuchillo seguía atorado. Finalmente logró sacarlo y entro al túnel. A mitad de camino se encontró a Mauricio a quien le contó lo que había sucedido. No tenían mucho tiempo, tenían que evacuar a todos sin que lograran encontrarse con los *"revenants"*.

Armando sugirió usar las rejas que se encontraban arriba de los dormitorios, así los infectados estarían cerca de ellas, tenían armas suficientes para luchar contra esas cosas.

Alejaron a todas las personas de la salida que iban a usar; subieron a los que tenían armas de fuego y comenzaron a disparar a los infectados que se acercaban a la reja, mientras los que tenían arma blanca, se quedaban a bajo cuidando a los demás de los infectados.

Estaban luchando contra una gran cantidad de infectados y parecía que nunca terminarían. El plan no estaba funcionando, Josué llamó a Mateo.

—Ven muchacho, ayúdame a abrir esa reja.

—¿Por qué?

—Ellos nunca van a terminar con todos, pero si aprovechamos la distracción podremos sacar a las personas.

Entre Josué y Mateo lograron abrir la reja sin que los infectados que estaban fuera se dieran cuenta. Darío junto con los demás, comenzaron a sacar a las mujeres y a los niños. Josué ordenó a un joven que tratara de abrir uno de los camiones que se encontraba cerca y llevara a todos ahí para irse lejos. El joven corrió hasta el camión y subió a los niños. Mateo llamó a los demás para que salieran. Armando bajó y ayudó a Mateo a salir, los disparos no solo alertaron a los que se encontraban fuera, el sonido en los túneles se amplificaba lo que hizo que los infectados que se encontraban dentro del túnel también llegaran ahí. Armando se quedó ayudando a Mauricio y los demás.

Josué por su parte intentó llevarse a Mateo y Darío pero ellos se resistieron, subieron al toldo de una camioneta y desde ahí ayudaron a evitar que los infectados se acercaran al camión. Pidieron a Josué llevarse lejos a los demás, algunos de ellos no lograron llegar, el camión arrancó llevándose a los pocos sobrevivientes.

Mateo y Darío con pistola en mano trataban de asesinar a todo aquel infectado que se les acercara. Buscaban señales de Armando, quien había desaparecido entre la multitud de infectados que se acercaban a la primera reja. De pronto se sintió una vibración en el suelo, la camioneta en la que se encontraban empezó a temblar. Se escuchó un estallido dentro del túnel, ambos saltaron de la camioneta, el suelo comenzó a abrirse, volaron rocas y polvo por todas partes, se hizo un gran agujero y gran parte de los infectados cayeron en él.

Mateo estaba en el suelo aturdido por la explosión, todo a su alrededor era polvo. Buscó por todo el lugar a Darío, logró ver su cuerpo a lo lejos, cubierto por pedazos de roca. Se levantó para ir por él, golpeó su cara para intentar despertarlo y Darío reaccionó aunque aún confundido, lo ayudó a levantarse para salir del lugar. Cuando le dieron la espalda al gran agujero escuchó el sonido de escombros moviéndose, Mateo sacó su pistola nuevamente y apuntó directo al lugar, vio una mano llena de sangre salir de los escombros, estaba preparado para disparar cuando se percató que quien estaba saliendo de los escombros era Armando.

—¿Estas vivo?- Darío y Mateo se acercaron para ayudarlo a salir.

—Sí, te dije que te llevaría con tu hermana y lo voy a cumplir, estos idiotas no me van a ganar a mí.

—Pero, ¿Qué pasó allí adentro?- preguntó Darío.

—Mauricio creyó que no podríamos contra ellos, teníamos las armas pero eran demasiados, sacó una granada, nos hizo a un lado y la arrojó. Todo estalló, al parecer también ayudó para quitar a algunos *"revenants"* de tu camino.

—Sí, ¿Estas bien?

—Tranquilo, ya te dije esos monstruos a mí no me van a tocar, ahora solo debo curar mi mano y voy a estar como nuevo, ¿Qué pasó con los demás?

—Josué subió a todos a un camión y se los llevó, ellos están bien- respondió Mateo.

—Bueno, creo que tenemos que irnos de aquí, antes de que alguno salga de ese hoyo.

Los tres miraron todos los escombros que había alrededor y lo que quedaba, de lo que fue su hogar durante las últimas semanas.

# 8

Caminaban a través del parque, la luz del sol comenzaba a hacerse presente detrás de los edificios, se detuvieron un momento en una de las fuentes del parque para limpiar el polvo que cubría sus rostros después de la explosión.

—Tu mano no se ve tan mal- señaló Darío, mientras Armando lavaba las heridas.

—No, tuve mucha suerte.

—Hay que movernos rápido, la explosión seguro llamó la atención de más de esas cosas- sugirió Mateo.

Armando y Darío asintieron. El camino era complicado, hacía semanas que no salían de los túneles, no sabían a lo que se exponían fuera. Dentro del grupo había un equipo encargado de reunir provisiones y rescatar sobrevivientes. Ellos desconocían el avance que había tenido la infección. La luz del sol lastimaba sus ojos y poco a poco mostraba la realidad. La vegetación era más prominente en aquel parque; tenía una tonalidad diferente, pero también podían ver el lado oscuro del camino. A su paso encontraban algunos cuerpos en pésimas condiciones.

—Debe existir algún otro refugio, como los túneles en los que estuvimos o personas que aún estén en sus casas como tu familia- intentaba decir con esperanza Darío.

—No sé, espero que sea así, este no puede ser el fin de la humanidad-

Después de decir eso, Mateo se quedó pensativo.

Al final del parque encontraron una ambulancia con rastros de sangre sobre la puerta, era claro que habían sido atacados. La radio no servía, revisaron si había algo que fuera útil, Armando tomó algunos medicamentos y un botiquín.

Los chicos revisaron los autos que se encontraban sobre la avenida, encontraron un par de mochilas y colocaron cosas que les fueran útiles dentro de ellas.

Las calles que recorrían les traían muchos recuerdos, era inevitable no pensar en cómo eran sus vidas antes de que el virus atacara la ciudad.

—Además de sus familias, ¿Qué otra cosa extrañan de su antigua vida?- Preguntó Darío.

Ambos lo miraron arqueando las cejas, incrédulos de lo que estaba preguntando Darío.

—Vamos, algo que quizá era tan común en su vida que jamás hubieran imaginado que extrañarían- expresó el chico.

—No lo sé, ¿Tú que extrañas?- le preguntó Armando.

—Yo, no lo había pensado hasta hace unos días, pero extraño a la gente- Hizo una mueca de tristeza- Antes me quejaba porque todo estaba lleno, porque había tráfico por todas partes, pero ahora desearía ver a las personas riendo, sanas y platicando unas con otras en el transporte.

—No sabía que fueras tan profundo- comentó Mateo.

Darío solo levanto los hombros.

—Pues… si lo pienso bien, extraño la música, antes de esto todo lo hacía con música, extraño mi guitarra- respondió Mateo.

—Yo, quizá lo que más extraño es la comida, vivir ahora de conservas no es agradable.

Mateo se detuvo un momento, Darío y Armando voltearon a verlo.

—¿Qué pasa?- Preguntó Armando.

—¿Crees que sea buena idea ir por este camino?

Los tres se miraron, estaban cerca de una zona llena de locales, departamentos y bares, podía ser el lugar perfecto para encontrar suministros o la muerte.

—No tenemos otra opción, debemos cruzar por aquí si queremos llegar a casa de tu abuelo.

Mateo asintió y siguieron su camino. Era casi medio día y estaban muy cansados. Se detuvieron un momento en un restaurante, buscando un poco de alimento, tomaron algunas conservas y todo aquello que aún fuera comestible.

El lugar era relativamente pequeño, contaba con un espacio en el que cabían unas cuantas mesas, al fondo un patio lleno de plantas y una banca de madera.

Los chicos inspeccionaron el lugar en busca de alimento. Darío abrió el refrigerador, salió un terrible olor, todo lo que estaba en él estaba putrefacto.

—¡Qué asco!- Se cubrió con el antebrazo la nariz.

Sus compañeros se echaron a reír.

—Es que solo a ti se te ocurre buscar ahí, tarado- se acercó Mateo.

—Vamos, no hay que perder tiempo, apresúrense, que aún tenemos que buscar donde pasar la noche- Dijo Armando, mientras tomaba unas botellas de agua de la alacena.

Mateo revisó los cajones de otra alacena, buscando algo que pudieran utilizar como arma. Sobre una pequeña mesa se encontró un marco con una fotografía, en ella, aparecían cinco personas, al centro una pareja de ancianos, todos ellos con uniforme, seguramente eran las personas que trabajaban en el lugar. Tantos recuerdos y personas que se había llevado el virus. Mateo colocó nuevamente la foto en su lugar y se dirigió hacia el patio donde estaba Armando.

—Linda cafetería, ¿no crees?- Mateo se sentó en la banca junto a Armando

—Pasé tantas veces por aquí, me asignaron muchas veces esta zona y nunca presté atención a este lugar.

Mateo se paró frente a él y colocó sus manos en los bolsillos del pantalón, dio un vistazo rápido a todo el lugar- Creo que Darío tiene razón, vivíamos tan a prisa, que no teníamos tiempo de mirar muchas cosas que pasaban a nuestro alrededor.

Suspiró Armando – sí, eso es muy cierto, pero en fin, hay que irnos de aquí, busca al chico y salgamos.

—¡Hey! Darío, hay que irnos- dijo Mateo mientras se colocaba su mochila.

Al entrar miró por todo el lugar, no vio a Darío y lo llamó nuevamente.

Darío jaló del chaleco a Mateo e hizo que se agachara debajo de la barra.

—¿Qué pasa?- Preguntó susurrando Mateo.

Le pidió a mateo que guardara silencio y señaló hacia la entrada de la cafetería. Recorriendo las mesas estaba lo que parecía un niño; sus movimientos eran torpes; chocaba con la mayoría de las sillas.

—¿Esta...?

Darío asintió con la cabeza, Armando entró en la cocina.

—Bien, es hora de irnos.- El tono de su voz había sido demasiado alto. El niño inmediatamente reaccionó, se dirigió en ese momento a la cocina emitiendo un chillido y lanzándose sobre Armando. Tenía la cara del niño justo frente a su rostro, sus ojos habían perdido color, se veían nublados, su boca tenía sangre en una de las comisuras del labio y movía su cabeza de un lado a otro intentando morder a Armando, mientras este la sostenía con ambas manos alejándolo de él.

-¿Me van a ayudar o qué?- preguntó

Darío tomó un cuchillo y lo incrustó en la nunca del niño.

—Gracias, unos segundos más y me hace parte de ellos.

—Lo siento, es que era un niño.

—Créeme este hace mucho que dejo de ser un niño, ellos ya perdieron toda voluntad, no saben lo que están haciendo, no podemos tentarnos el corazón, los eliminamos, o ellos nos eliminan a nosotros.

Salieron del lugar y un par de calles más adelante escucharon una voz lejana, se escondieron detrás de un auto y miraron a todas partes buscando de dónde provenía. Armando les hizo señas de que miraran hacia arriba, en la azotea del edificio de la esquina, había un hombre parado justamente en la orilla.

—¿Qué esta...?- Darío no pudo terminar la pregunta cuando el hombre cayó del edificio y detrás de él una mujer.

La siguiente imagen fue el cráneo de ambos impactado contra el suelo. Armando se acercó para revisar a las dos personas, evidentemente la mujer estaba infectada, sin embargo, las características eran muy diferentes a todos los que había visto. Su piel había tomado un color pálido, y parecía como si comenzará a perder pedazos de esta, además de que emitía un olor putrefacto, el cuerpo de la mujer parecía estar en proceso de descomposición, justo como Esme lo había descrito.

Armando miró su reloj, tenían que darse prisa. No podían estar sin refugio, al anochecer mantenerse a salvo sería más complicado. Hizo una señal con la cabeza para que siguieran.

La noche llegó acompañada de fuertes vientos, las calles estaban tan vacías, que el sonido de este era totalmente perceptible, pero confundía a los chicos con el movimiento de las pancartas, hojas, y el mismo silbido que este emitía. Cada paso que daban los hacía mirar a su alrededor sintiéndose presas. Ningún edificio era seguro para pasar la noche. Se les ocurrió tomar uno de los autobuses del metrobús, forzando las puertas para poder entrar. Dentro había cuerpos, los lanzaron fuera del autobús, el olor era penetrante, se pusieron cómodos y se turnaron para vigilar mientras los demás dormían.

A Armando lo venció el cansancio. Darío se encontraba de frente a Mateo, este golpeó con su bota el pie de Mateo.

—¡Hey! Cada vez estamos más cerca de tu hermana, ¿Cómo te sientes?

—Nervioso, hace un mes que no veo a nadie de mi familia, me ha llevado mucho tiempo en llegar hasta mi hermana.

—Tranquilo Bro, estoy seguro que mañana mismo podrás verla.

—Tengo una pregunta, ¿Por qué decidiste acompañarme desde aquel día que salimos del almacén con Armando?

—Te lo dije, me necesitabas de carnada- Bromeó parando el cuello de su sudadera- No, pues yo en tu lugar hubiera hecho lo mismo. Vamos, lo hubiera hecho si supiera que mi familia esta con vida.

—Jamás nos has hablado de ellos.

—Después del incidente en la escuela no supe más de ellos. Mi madre estaba trabajando, ella es cajera en un supermercado así que no podía darse el lujo de quedarse en casa, y tengo un hermano de cuatro años, él se quedaba con mi tía quien tiene un puesto de comida. El último mensaje que recibí de mi tía decía que un par de vecinos se habían contagiado. Ella y mi hermano estaban encerrados sin noticias de mi madre, después de eso los mensajes dejaron de llegarle. Si hubiera tenido una mínima señal de que mi hermano estaba bien hubiera hecho exactamente lo que haces tú por Maite.- La voz de Darío comenzaba a quebrarse, Mateo lo miró y agachó la cabeza sin saber que decir.

Mateo se quedó dormido, recargado sobre la puerta del autobús. Despertó de golpe al escuchar pasos.

—Tranquilo, soy yo- Se sentó Darío nuevamente frente a Mateo, con una botella de agua.

—¿A caso no duermes?- preguntó Mateo, mientras tallaba su rostro con su mano.

—La verdad, no mucho, desde lo ocurrido con Alba me cuesta mucho dormir, casi todas las noches la veo en mis sueños, convertida en una de esas cosas y todo por mi culpa, era mi compañera de clase y la sacrifiqué. Es muy complicado, todos los días vemos morir a personas que nos rodean pero cuando sabes que una de ellas fue tu culpa, eso te marca para siempre, aún si fue en defensa propia.- Se quedó callado mirando su botella.

—No creo que seas una mala persona y lo has demostrado, es solo que esta situación nos ha sobrepasado a todos.

Darío no pronunció palabra alguna.

Por la mañana Armando se acercó a despertar a Mateo, tocando su hombro lentamente.

-Vamos, tenemos que seguir si queremos llegar hoy.

Los tres se prepararon para salir, colocaron sus cosas dentro de la mochila, Mateo miró fijamente una de las puertas traseras. Armando se disponía a abrir las puertas.

—Espera- Mateo detuvo de golpe a Armando- mira hacia allá.

Uno de los infectados se encontraba detrás del autobús.

Salir era una maniobra complicada. Abrieron la puerta con mucho cuidado, esas puertas hacían mucho ruido al abrirse por el sistema que tenían. Armando sostuvo la puerta y dejó que salieran Darío y Mateo primero, luego por fuera los chicos hicieron lo mismo para que Armando pudiera salir.

Durante el trayecto Armando y Mateo estaban platicando sobre videojuegos.

—Darío, vamos, dile a este anciano que las misiones de la segunda versión son mejores que las de la cuarta… ¿Darío?

—¿Dónde carajos se metió?

Volteaban a todas partes buscando a Darío, sin éxito. Mateo se llevó las manos a la cabeza tomándose el cabello por la frustración de no saber dónde estaba Darío.

Se escuchó que algo se acercaba rápidamente, Armando sacó su arma y apuntó.

—¡Wow! espera, espera, soy yo- apareció Darío levantando las manos al ver el arma apuntándole.

—¡Idiota!, ¿Dónde te metiste?

—¿De dónde has sacado eso?- señaló Mateo la bicicleta en la que estaba Darío.

—Del parque

—¿Cuál parque?

—El que dejaron atrás hace un par de calles, les dije "Oigan, ahora vengo", pero estaban tan concentrados en su pelea que no me hicieron caso. En la esquina hay un lugar con un montón de bicicletas, creo que si las usamos llegaremos más rápido y sin hacer tanto ruido como con la moto- Miró sarcásticamente a Armando.

—Después de todo creo que no eres tan tonto, ¡eh!, quizá, si todo sale bien pensaré en adoptarte como mi hermano- Mateo sonrió y dio un golpe en la cabeza a Darío.

El trayecto fue menos complicado de lo que esperaban, las bicicletas habían sido de mucha ayuda y ahí estaban, después de un trayecto tan largo, al final de esa calle empedrada, estaba una casa blanca, de grandes ventanales con barrotes negros y la enredadera de bugambilias rodeando su entrada. Al fin había llegado a casa de sus abuelos, se formó una pequeña sonrisa en el rostro de Mateo, esa sonrisa de alivio. Estaba a unos pasos de su familia.

# 9

Ahí estaban, parados frente al gran portón de madera. Habían tocado un par de veces pero nadie respondía, dentro tampoco se escuchaba ruido. Mateo dio unos pasos atrás para mirar hacia la azotea. Darío revisó por las ventanas, pero estas estaban cubiertas por tablones de madera en su interior.

Armando estaba cubriendo ante cualquier movimiento extraño -oigan, de no ser por los autos abandonados y las calles vacías pensaría que aquí nunca llegó el virus.

—La verdad yo aún tengo esperanza de que haya más personas normales, que muertos vivientes en la ciudad- Darío conversaba con Armando, mientras Mateo buscaba una forma de entrar.

—¡Hey! Darío ven acá échame una mano.

—Pero, ¿Qué estás pensando?, esta cosa no te va aguantar.

—Estoy seguro que sí, no es la primera vez que lo hago- Mateo, comenzó a trepar por la enredadera de bugambilia.

—Bro, pero que la casa es muy alta, si esto se rompe te vas a matar.

Mateo seguía trepando, apoyando sus pies sobre la pared y sus manos sujetas a la enredadera. Trepó hasta el balcón, miró por la ventana, pero fue imposible, también estaba cubierta, usó una pequeña maceta como escalón para subir al pequeño techo del balcón y saltar hacia la azotea. En cuanto sus pies tocaron el suelo, se escuchó como encañonaban un arma sobre su cabeza, seguido de una voz grave —Levántate, lentamente, y no intentes nada estúpido.

Mateo obedeció, con las manos arriba, se giró lentamente. Su expresión de miedo cambió al ver al chico que estaba frente a él. Vio como el arma que apuntaba su cabeza bajó lentamente y frente a él estaba un chico alto, moreno, cabello oscuro.

—¡No es verdad!, ¡eres tu cabrón!, estas bien- lo abrazó, se separó inmediatamente para mirarlo nuevamente- ¡no me lo puedo creer! lo hiciste, estás aquí.

Mateo se rio- Yo también te extrañé Renato, gracias.

—Vamos, que a la familia le va a dar gusto verte, nos tenías preocupado por la manera en que escapaste de tu casa.

—Espera, es que no vengo solo, un par de amigos están allá abajo, ambos miraron hacia la calle.

—Ok, bueno, vamos a abrirles, las puertas tienen algunos seguros por obvias razones.

Armando y Darío esperaron hasta que les abrieron, los tres se dirigieron a la sala donde estaba la familia de Mateo.

En el lugar se encontraba Renato, junto a su hermano Noé, quien era el mayor de los primos, cabello oscuro y lentes e Inés, la hermana menor, una chica de cabello largo, castaño, de complexión delgada y siempre con una sonrisa en el rostro. Todos se colocaron junto a su abuelo.

Mateo junto con los chicos, contaba todo lo que habían pasado para llegar ahí. El abuelo de Mateo estaba feliz de tenerlo al fin en casa.

En la puerta de la sala se escuchó un grito, todos miraron en esa dirección, Mateo se levantó inmediatamente del sillón y corrió a abrazar a su hermana.

Allí frente a él, estaba esa chica de cabello castaño oscuro y ondulado, de ojos claros, los cuales a la luz del sol, tomaban un color muy parecido a la miel, y que en ese momento estaban siendo empañados por las lágrimas.

—¡Estás aquí! Con esa barba pareces un señor pero estás aquí- decía Maite, mientras tomaba el rostro de su hermano con ambas manos.

—Sí, te dije que lo iba a hacer, ¿Has sabido algo de nuestros padres?

—No, el último mensaje que recibí de ellos fue hace un par de días, decían que estaban bien, que el ejército estaba empezando a evacuarlos hacia un lugar seguro, intenté responderles pero fue inútil casi al instante me quedé sin señal.

—Sí, entiendo, supongo que fue una pequeña intermitencia, pero gracias a ella supe que seguías aquí- Maite le sonrió y abrazó a su hermano-¿Y cómo fue que llegaste aquí?

—Cuando nos encerraron tuve que quedarme en casa de Sofía, por seguridad, sus padres no nos dejaban salir, una semana después, escuchamos mucho ruido en la casa de atrás, ya estaba oscureciendo, me encontraba con Clara y Alicia en la habitación. Entonces un fuerte golpe se escuchó en la azotea, el padre de Sofía nos pidió que no saliéramos, subió a ver lo que era, esperamos, y unos minutos después escuchamos más golpes, acompañados de gritos que provenían del señor. Subimos junto con la señora a ayudar, el papá de Sofía golpeaba al monstruo con el palo de una escoba pero este no reaccionaba, seguía caminando hacia el señor hasta que logro atacarlo, Clara y Alicia se fueron corriendo en ese momento, Sofía y su madre intentaron ayudar al señor, pero en una distracción, ese monstruo mordió a Sofía. Su madre golpeó la pierna del *zombi*, lo que hizo que este dejara de caminar. Me acerqué a ayudar a su padre que estaba en el suelo herido. Fue cuestión de minutos, Sofía comenzó a convulsionar, luego sus ojos se cerraron; recuerdo los gritos de su madre, cuando Sofía despertó, parecía perturbada, se comportaba de una manera extraña. Atacó a su madre, el señor me pidió que me fuera. Bajé asustada, gritando y buscando a las chicas. Ellas me abrieron la puerta de la habitación, estaban escondidas en el closet, estuvimos toda la noche despiertas, escuchando los pasos de los tres recorriendo toda la casa, buscándonos. Cuando creímos que se habían ido, llegaron a la puerta y comenzaron a golpearla. Teníamos mucho miedo, nuestra única opción era salir por la ventana, pero era muy complicado, debíamos cruzar hacia la casa de al lado, atravesar y alcanzar el poste para poder bajar. Tomamos lo primero que se nos ocurrió como arma y salimos. El techo era de tejas, eso dificultaba caminar sobre él. Al llegar al balcón de la siguiente casa uno de los vidrios se rompió, muchas manos salieron por la ventana y sujetaron a Alicia, ella comenzó a gritar, intentamos ayudarla, fue horrible, las manos arrancaban la piel de su rostro, el vidrio se estaba rompiendo completamente, tuvimos que irnos. Ya estando en la calle, el camino no fue mejor. Clara se fue a su casa, me quedé sola, las calles estaban oscuras, me solté a llorar. No podía respirar, intenté calmarme y corrí, entre la oscuridad alcanzaba a ver sombras, se escuchaban gritos a lo lejos y disparos. Unas calles antes de llegar aquí, vi cómo se estaba incendiando una casa.

Maite no pudo seguir con el relato, comenzó a llorar después de recordar todo.

—¿Y tu amiga?

—No sé nada de ella desde ese día- decía sollozando.

Mateo abrazó a su hermana, la acercó a su pecho mientras esta lloraba.

—¿Y sabes algo de los demás?

Maite se alejó lentamente, limpio sus lágrimas, apretó los labios haciendo una mueca del lado y mirando al suelo, miro al frente donde se encontraba Renato y este asintió.

—¿Qué pasa?, cuéntame.

—Bueno, es que...

—¿Si?

—Dos semanas después de que saliste de casa, todo empeoró. Mis padres estaban muy preocupados, intentaban comunicarse constantemente, para saber si ya te encontrabas con nosotros, y uno de esos días...- hizo una pausa sin saber cómo expresarse. Su voz empezó a cortar, pasó saliva y miró a Mateo- Mis padres me dijeron que Nicole se había contagiado.

El rostro de Mateo palideció, en sus ojos se notaba una profunda preocupación, se sentó, miró fijamente su taza sobre la mesa de centro. La sala se quedó en silencio, nadie era capaz de sacar a Mateo de su transe. No estaba preparado para escuchar lo siguiente, pero se armó de valor para preguntar, miró a Maite - ¿Y...dónde está?

Maite agachó la cabeza, lo miró nuevamente y negó. Los ojos de Mateo se llenaron de lágrimas, movió la cabeza en repetidas ocasiones, negándose a creer lo que estaba escuchando. Colocó sus manos sobre su cabeza, había perdido a la persona en la que más confiaba, a su amiga de toda la vida, el virus le había arrebatado a una de las personas más importantes en su vida. Mateo se levantó y salió de la sala, Maite intentó seguirlo pero Renato la detuvo para que dejaran un momento a solas al muchacho.

Mateo se encontraba en la azotea mirando al cielo, las lágrimas no paraban, sacó su celular y miró el último mensaje de Nicole. Siguió revisando viejas conversaciones, encontró una foto, en ella aparecía Mateo con una sudadera negra, sonriendo con su brazo sobre el hombro de Nicole haciendo el signo de paz, ella con una sudadera de la universidad, abrazando a Mateo, acercándolo a ella y leyó el mensaje que había sido enviado con la foto, "¡Mira lo que encontré! esta foto del día que estabas de exagerado, creyendo que no llegaría a tu partido, guárdala para que siempre me lleves contigo, ¡te quiero!".

En ese momento Mateo se quebró totalmente, cayó sobre sus rodillas y hundió su rostro sobre su brazo recargado en la barda, sosteniendo sobre la otra mano su celular.

Una mano tocó el hombro de Mateo, este levantó la mirada, a su lado estaba Darío, le dio la mano para levantarlo.

—Lo siento mucho Bro.- Mateo lo miró y asintió. - ¿Por qué nunca le dijiste que la querías?

—Por idiota, porque no me había dado cuenta, porque no quería perder la amistad que teníamos desde hace años y aun así, la perdí a ella, ojalá la hubiera traído conmigo- Decía con la voz entrecortada.

—No sé qué decirte, pero no puedes culparte, es muy difícil saber si las cosas hubieran cambiado.

Se quedaron nuevamente en silencio, mirando la oscuridad que invadía la ciudad, después de algunos minutos entraron nuevamente a la casa.

—¿Cómo pasó?- Mateo se sentó nuevamente.

—Mi madre dijo que su padre intentó sacarla, a ella y su madre de la ciudad, pero las calles ya eran un caos total, les quitaron el auto y todas sus pertenencias, cerca de donde estuvieron hubo un ataque y lograron alcanzar a Nicole. En casa, su madre intentó curar la herida. Estuvo varios días con fiebre, una mañana nuestros padres estaban desayunando y escucharon gritos, seguidos de disparos, imaginaron lo que había pasado. Al día siguiente, la casa de Nicole estaba vacía, no supieron más de sus padres.

Mateo estaba rojo de tanto llorar y con la mano derecha cubriendo su rostro, después de lo que acababa de escuchar, miro hacia arriba con los ojos cerrados y respiró profundamente.

Más tarde, se fue a recostar a una de las habitaciones, estaba sentado a los pies de la cama mirando una y otra vez la fotografía, se quedó dormido con la cabeza sobre sus rodillas y el celular en la mano, el sonido de la voz de Nicole gritando, mientras pedía ayuda, lo despertó. Miró por toda la habitación estaba solo, había sido un sueño.

Mateo bajó al comedor, donde estaba su familia y Armando. Los chicos al fin pudieron cambiarse de ropa y bañarse para luego desayunar.

—¡Hey Rocko! Estás aquí, no te había visto- Se inclinó para saludar al pequeño perro café.

—Sí, de pronto se pierde por la casa, también está un poco aburrido, hace tiempo que no puede salir y sabes que disfrutaba mucho el salir a pasear- Mateo respondió con una sonrisa a Inés, mientras continuaba jugando con Rocko.

—El agua estaba helada- salió Darío temblando de frío después de bañarse.

—Agradece que aún contamos con agua muchacho, es lo único que nos queda, aunque de vez en cuando esta, ya no sale limpia del todo- Dijo el abuelo levantando las manos.

—Discúlpalo abuelo es un poco quejumbroso.

—¿Cómo es que han logrado mantenerse a salvo aquí? ¿Cómo han conseguido comida? La colonia realmente no parece haber sido afectada- preguntó Armando

—Te equivocas, cada vez se aparecen más de esas cosas por aquí, la puerta principal y planta baja la tenemos completamente sellada, puerta y ventanas, la mayoría de la gente de la colonia era de buen status económico, en cuanto el problema se hizo más grande tomaron sus cosas y se fueron. Quizá intentando salir del país, la verdad dudo mucho, que lo hayan logrado. De la comida se encargan Renato y Noé, ellos salen de vez en cuando por lo que es necesario.

Mientras comían se escuchó un ruido muy parecido al de un radio buscando señal, era un celular, Mateo miró sorprendido detrás de él.

– ¿Es eso un celular?-preguntó

—Sí- afirmó Noé

—¿Cómo lo mantienen con señal?

—Realmente no tiene señal, bueno, no como tal de telefonía, el celular está ligado a un sistema de radio comunicación mediante una aplicación. Estuvimos trabajando mucho tiempo en este proyecto en la Universidad, en caso de que los sistemas llegarán a colapsar, por ejemplo durante un sismo. Aún estábamos con los prototipos, pero al parecer funciona bien, de vez en cuando captamos señales, sabemos en donde han sido los ataques más fuertes. Un ejemplo, hace un par de días, todo el oriente de la ciudad cayó por completo, teníamos la señal de algunas personas con vida que estaban buscando apoyo para ser evacuadas, pero nunca obtuvieron respuesta, ahora solo se tiene estática en esa zona.

—Yo sabía que mi hermano era un genio, siempre se los dije- alardeó Renato sobre Noé, quien estaba estudiando una ingeniería en telecomunicaciones.

—¿Y cómo se mantienen cargados los celulares?- Dijo Armando señalando la pequeña mesa con cuatro celulares.

—Batería solar, miren les muestro- Subieron a la azotea y en ella tenían una gran cantidad de baterías solares- La verdad es que han sido de gran ayuda, no me enorgullece decirlo, pero la idea de Renato de saquear las tiendas de electrónica para conseguirlas fue muy buena y gracias a ello nos hemos mantenido informados.

En ese momento se escucharon algunos quejidos, Renato pidió que guardaran silencio, se acercaron a la barda, y un grupo de cuatro contagiados se encontraba en la calle, era raro ver ese comportamiento, no acostumbraban a moverse en grupo, a menos de que estuvieran en una zona de alto contagio.

Un mes después de la llegada de los chicos a la casa del abuelo, se adaptaban poco a poco a la nueva vida que tenían, los víveres cada vez eran más escasos. Renato y Armando eran los encargados de conseguirlos. Darío aprendió a manejar el sistema de radio que Noé había diseñado, una tarde comenzó a escucharse un mensaje no muy claro, se repetía una y otra vez, la frecuencia no era muy buena.

*"Mar…, a…, is…"*

La señal se cortó, Darío intentó buscar nuevamente la frecuencia donde el mensaje se escuchara más claro. Junto con Noé, pasaron todo el día intentando encontrar nuevamente la señal.

Mientras Mateo y su primo dormían, Darío se encontraba moviendo las frecuencias en la pantalla del celular, de pronto una voz se escuchó claramente e inmediatamente despertó a Mateo y Noé. Los tres escuchaban atentos el mensaje, era una voz que decía:

*"Mensaje de alerta, esto no es un simulacro. El gobierno ha tomado la decisión de evacuar la ciudad. Favor de dirigirse a las siguientes áreas de evacuación. Se recomienda el uso de cubrebocas, el ejército estará apoyando durante el proceso de evacuación"*

El mensaje se repetía tres veces, seguido de un listado de áreas donde se llevaría a cabo la evacuación.

—Estadio azteca

—IPN Zacatenco

—Ciudad Universitaria

—Tecnológico de monterrey campus Ciudad de México

—IPN, Casco de Santo Tomás

—Campo Marte

Los tres se miraron con duda y al mismo tiempo, con una pequeña esperanza de salir de esa pesadilla, en la que habían estado viviendo durante semanas.

# 10

La Familia de Mateo se reunió en la sala para discutir la decisión que tomarían. El abuelo se negaba a dejar su casa, no sabía lo que les esperaba allá afuera, ya había perdido a sus hijos y no estaba dispuesto a arriesgar a sus nietos.

—Si nos quedamos aquí, ¿cuánto tiempo más sobreviviremos, con esas cosas allá afuera abuelo?- Renato intentaba convencerlo.

—Pero, el abuelo también tiene razón Renato, nada nos asegura que el gobierno realmente nos vaya a evacuar y no sabemos desde cuando se está transmitiendo ese mensaje- dijo Noé

—Tu sabes lo que mis tíos le dijeron a Mai.

—Sí Renato, pero eso fue hace semanas, no supe más de ellos- Maite se encontraba con los brazos cruzados.

—¿Ustedes que piensan?- Mateo miró a Armando y Darío.

—Yo estoy contigo Bro, la decisión que tomes es la que seguiré.

—Yo, la verdad hace tiempo que debí irme. Mateo, tú sabes que dejé a mi equipo y si hay una oportunidad de salir de aquí, creo que ellos merecen saberla. Estoy muy feliz de haberte ayudado a reencontrarte con tu familia pero es hora de que regrese con los míos, mañana a primera hora saldré.

—Bueno, creo que tendremos que someterlo a votación- Inés se levantó del sillón- ¿Quiénes están a favor de ir a Ciudad Universitaria?

La sala se quedó en silencio un momento. Todos se miraban, Renato fue el primero en levantar la mano, Noé miró preocupado a su abuelo. Inés levantó la mano apoyando a su hermano. Mateo volteó a ver a Maite, esta asintió y Mateo levantó la mano, seguido de su hermana y Darío.

—Esta dicho, nos vamos de aquí, hay que preparar mochilas con lo más importante, los cubrebocas, al igual que el botiquín se encuentran en el baño, saldremos al amanecer junto con Armando- Concluyó Renato.

Todos fueron a sus recámaras a preparar lo necesario, había un ambiente de nerviosismo, tenían la oportunidad de salvar sus vidas o quizá entraban en una misión suicida. Darío entro en la habitación de Mateo.

—Darío, ¿estás seguro de querer venir? El abuelo no tendrá problema con que te quedes aquí.

—Seguro no estoy del todo, pero te dije que no te ibas a librar de mi tan fácil, somos un equipo, sin mi estoy seguro que no durarías fueran ni dos segundos- Mateo hizo un gesto de ofensa para después golpear el brazo de Darío.

Al caer la noche la familia se encontraba cenando, iluminados únicamente por velas. Intentaron por última vez convencer a Noé y el abuelo de ir con ellos, pero él se negaba. Al ser una persona mayor pensaba que solo los retrasaría, Noé se quedaba con él y habían acordado que de encontrar ayuda regresarían por ambos. Inés miraba a su abuelo y a su hermano con lágrimas en los ojos pero les prometió que pronto regresarían por ellos.

Todos se fueron a dormir, Mateo estaba muy inquieto y le costaba trabajo conciliar el sueño, pensaba en lo que se venía. A lo lejos escuchó unos gruñidos que parecían provenir del patio.

Salió a asomarse, el viento soplaba muy fuerte, Mateo tomó sus brazos y los frotó para intentar calentarse un poco. Miró hacia el patio y era Rocko quien gruñía insistentemente hacia la puerta, no lograba apreciarlo totalmente en la oscuridad, así que bajó por él.

—¿Qué haces?, Ven acá - tomó al perro en sus brazos y lo llevó a su habitación.

Alrededor de las dos de la mañana se escucharon golpes en la puerta principal, eran golpes continuos. Mateo salió nuevamente y se encontró a Renato y a Armando, los tres subieron a la azotea, se asomaron a la calle, no podían creer lo que estaban viendo, la casa estaba rodeada de infectados, eran decenas de ellos golpeando y arañando la puerta para poder entrar.

Mateo bajó inmediatamente para despertar a su abuelo y los demás, entró a la habitación de Maite.

—Mai, Mai, despierta tenemos un problema, ven conmigo.

Todos se reunieron en la habitación de Inés para pensar en lo que harían.

Renato entró- esto es peor de lo que imaginábamos, no tengo idea de dónde, pero cada vez se acercan más de esas cosas a la casa. Jamás podríamos eliminarlos con las pocas armas que tenemos.

—¿Pero cómo saben que estamos aquí?- Inés estaba muy asustada.

—Quizá es su instinto- interrumpió Mateo.

—Hace días que veíamos mayor movimiento de ellos por la zona ¿recuerdan?- Noé caminaba de un lado a otro nervioso.

En la habitación, el único sonido que se escuchaba, era el del reloj que se encontraba en la pared, marcando las 2:40 de la mañana. No tenían muchas opciones, podían quedarse dentro de la casa rodeados por los infectados o intentar eliminarlos. Esta última era la opción menos viable, no contaban con las herramientas necesarias para hacerlo.

Mateo subió una vez más donde se encontraba Armando, el panorama no era alentador, el tiempo se les estaba acabando, estaban atrapados en su propio refugio.

Armando bajó, tenía un plan, entró en la habitación. No pudo pronunciar palabra, fue interrumpido, se escuchó como se quebraba un vidrio en la planta baja, Rocko salió corriendo de la habitación asustado.

—Mierda, ¿Qué fue eso?- Renato se asomó por una rendija que había entre las tablas de la ventana del balcón, pero no podía ver nada, fue a la planta baja junto con Armando, la puerta de entrada se movía con una fuerza impresionante.

—Tenemos que encontrar algo más que tablas para dar soporte a la puerta o no tendremos mucho tiempo- Renato asintió. Entró a la sala y vio un montón de manos intentando entrar, entre la ventana y las tablas que cubrían los ventanales.

Armando pidió a todos que tomaran sus cosas para salir de ahí. Él y Renato empezaron a sacar los muebles de la sala para dar soporte a la puerta, a Renato se le ocurrió usar el comedor, tiraron todo lo que se encontraba sobre la mesa para cargarla, pero era demasiado pesada. No podían ir tan rápido, antes de llegar a la puerta, esta se abrió un poco, quedando brazos de los infectados atrapadas en la abertura. Ambos soltaron la mesa y tomaron sus armas, comenzaron a disparar contra ellos. Sabían que la puerta no aguantaría más, en segundos se quebró justo por el medio y los infectados empezaron a entrar.

Mateo y Darío salieron de la habitación al escuchar los disparos. Los infectados se encontraban dentro de la casa y se dirigían hacia los chicos que se encontraban en la planta baja.

Mateo y Darío, comenzaron a disparar, pero eran demasiados *zombis*. Renato y Armando debían retroceder, la familia intentaba ayudar arrojando todo lo que encontraban, contra los infectados.

Varios de ellos habían llegado hasta donde se encontraba Renato. Rocko salió corriendo desde una de las habitaciones del fondo, atacando la pierna de uno de los infectados para defender a Renato. El pequeño perro fue devorado rápidamente por un grupo de infectados.

Maite comenzó a gritar y llorar, intentó bajar pero Inés no se lo permitió. Los ojos de Renato al ver esa escena se llenaron de lágrimas y disparó a diestra y siniestra contra los *zombis*, quedándose sin balas. Intentó cargar su arma nuevamente, pero los nervios provocaron que el repuesto cayera.

Mateo y Noé seguían disparando desde arriba. Renato retrocedió para llegar a la habitación de la cual había salido Rocko segundos antes, tropezó y comenzó a avanzar a gatas pero uno de los infectados se abalanzó sobre su pierna, mordiéndolo. Solo se podían escuchar los gritos de dolor de Renato, Noé le disparó al infectado pero era demasiado tarde.

Algunos de los resucitados se dirigían hacia las escaleras, Mateo y Darío bajaron para detenerlos, disparaban a todo aquel que se acercara, pronto ambos se quedaron sin balas. Mateo tomó su cuchillo y peleó con ellos cuerpo a cuerpo, cayendo por las escaleras, al llegar casi al suelo este se clavó su cuchillo en el brazo izquierdo. El dolor era tan fuerte, que le era casi imposible moverse, arrancó el cuchillo de su brazo, intentaba defenderse únicamente con sus piernas para evitar ser mordido. Noé disparaba contra los *zombis* para ayudarlos, pero era difícil distinguir el blanco, entre todo el movimiento.

Darío se acercó a ayudarlo, apoyado de un pico, quitando a todo aquel infectado que intentara atacar a Mateo. Uno de los infectados se encontraba detrás de Darío, mientras seguía golpeando el cráneo de uno de los infectados. Mateo gritó para que se cuidara, en ese momento Noé disparó. El infectado cayó sobre la espalda de Darío, este asustado, se lo quitó rápidamente de encima; dio dos pasos hacia atrás, levantó la mirada y vio como uno de los infectados se acercaba a Mateo, quien se encontraba tirado a unos pasos de él. Mateo intentó levantarse pero solo podía arrastrarse lentamente hacia atrás. Nuevamente se escuchó un disparo, la cabeza del zombi explotó frente a Mateo, este alcanzó a cubrirse el rostro.

Mateo abrió los ojos, miró hacia todos lados, Armando acababa de salvarle la vida, pero había quedado descubierto. Un infectado se lanzó sobre él, mordiendo su cuello. Noé había intentado dispararle, pero en el movimiento el tiro falló, impactándose en la pared.

—¡Váyanse! Usen el árbol, rápido- gritó Armando, mientras disparaba sobre su hombro.

—Darío tomó a Mateo y lo ayudó a levantarse, pero se negaba, quería ayudar a Armando.

—¡Llévatelo ya!- gritaba Armando a Darío.

Maite le gritó a su hermano, este al mirarla accedió a irse del lugar, subieron por las escaleras, detrás de ellos la puerta de la entrada se quebraba por completo y las decenas de muertos vivientes entraban a la casa.

Se escuchó un último disparo, Armando cayó al suelo, Mateo detuvo su paso y cerró los ojos.

Inés tomó al abuelo del brazo para que se fueran pero este se negó.

—¿Qué haces abuelo? Vamos.

—Hija, no tiene caso, soy un viejo, solo voy a retrasarlos y a poner en riesgo su vida. Además, no voy a dejar a tu hermano aquí sólo.

—No hagas esto abuelo, ya lo perdí a él, no quiero perderte a ti también.

—Vete ya, anda, tu hermano me necesita más.

Noé, se llevó a su hermana, el abuelo camino hacia las escaleras y bajó lentamente, uno a uno esos escalones para ser atacado por los infectados.

Inés intentaba zafarse de los brazos de Noé, mientras le gritaba a su abuelo -¡No lo hagas, por favor, no lo hagas!

El resto del grupo subió a la azotea, Mateo intentaba descifrar lo que le dijo Armando, miró el único árbol que se encontraba cerca. El árbol daba hacia la casa de al lado. Quizá Armando quería que lo utilizaran para huir. Mateo les dijo a todos que treparan. Primero lo hizo Noé, mientras Darío ayudaba a las chicas y a Mateo que estaba lastimado. Al llegar al suelo Mateo se sentó, derramó algunas lágrimas, cubrió sus ojos con su mano para limpiarlas, solo se escuchaba el llanto ahogado de las chicas.

# 11

Las nubes cubrían la luna. Eran acompañados por el leve sonido del viento y quejidos lejanos, que provenían de la casa del abuelo.

El grupo se encontraba bajo el árbol, mientras Maite revisaba el brazo y los golpes que tenía Mateo con ayuda de Darío, quien sostenía una linterna. La herida más profunda era la del brazo. Sacó el pequeño botiquín de su mochila, limpió y vendó el brazo. Del otro lado del árbol, Inés continuaba llorando, un llanto que intentaba contener, cubriendo su boca para que no la escucharan. Estaba sentada, recargada en el árbol, a su lado estaba Noé abrazándola.

—Hay que seguir avanzando- Mateo con voz muy baja se dirigió al grupo.

Inés asintió aún entre lágrimas y ayudaron a Mateo a levantarse.

La casa en la que se encontraban parecía vacía, se apoyaban de las lámparas para iluminarse, recorrieron con mucho cuidado el jardín para buscar otra salida sin tener que utilizar la principal. Afuera aún se encontraba un grupo grande de infectados.

Mientras Darío recorría el perímetro se percató que entre las enredaderas se encontraba un agujero en la pared, este enviaba hacia el terreno de al lado, echó un vistazo y parecía seguro, así que llamó a los otros. Inés aseguraba que el lugar estaba vacío, pues era un terreno en construcción. Cruzaron al otro lado, entre la oscuridad se podían apreciar algunas de las estructuras que quedaron pendientes, no había más que tierra, algunas máquinas y materiales; el terreno estaba cubierto con tablas y algunos plásticos negros que ayudaba para que no fueran vistos.

De pronto, al fondo del terreno se escuchó una voz, el grupo se escondió detrás de una pirámide de bloques, una luz salía de una pequeña casa improvisada de madera. Un hombre apareció, vestía harapos, llevaba una antorcha en una mano y una cubeta en la otra. La persona murmuraba cosas que no se alcanzaban a escuchar, seguido de una risa sin algún motivo. El hombre colocó la cubeta en el suelo y comenzó a jalar una cadena. Entre las sombras se formó una silueta que caminaba lentamente, los chicos impactados vieron que del otro lado de la cadena había una mujer.

Todos se miraron sin entender que es lo que estaba pasando. La mujer estaba infectada, intentó atacar al hombre pero la cadena la detuvo, con algunos pasos atrás el hombre estaba fuera de peligro. Los murmullos del hombre seguían siendo inaudibles y las risas eufóricas continuaban, se agachó y sacó algo de la cubeta.

Inés se giró, cubriendo su boca inmediatamente para evitar emitir un grito. Maite simplemente cerró los ojos.

—Viejo, dime que esto es una broma- se escuchó decir a Darío.

—No, no lo es.- Decía Mateo mientras seguía viendo la escena.

El hombre estaba alimentando a la mujer con partes humanas que tenía dentro de la cubeta, se sentó en el suelo para arrojárselas mientras reía y la mujer se acercaba a comer.

—Tenemos que irnos, este sujeto está loco, no quiero ser el próximo alimento- insistía Darío

—Tenemos que esperar a que el tipo se vaya, podría vernos- le contestó Mateo.

—No sabemos cuánto falta para el amanecer, si esperamos será más fácil que nos vea- Maite le dijo a su hermano, cubriendo sus ojos con las manos.

Mateo dudó un momento la decisión que debía tomar y luego asintió.

Para evitar ser vistos se arrastraron sigilosamente, el brazo lastimado de Mateo le hacía moverse más lento, iba detrás del grupo y sentía la arena entrar en sus ojos.

Mientras Darío se arrastraba, su bota golpeó una cadena, el ruido del choque se escuchó en el lugar, la risa del hombre se detuvo, se levantó, miró hacia el otro lado del terreno y comenzó a dar un par de pasos al frente.

Los chicos se detuvieron, estaban petrificados y contenían la respiración como si esta fuera a delatarlos. El hombre dio dos pasos más, la mujer tomó de la pierna al hombre, este se distrajo y alejó su pierna de ella, el hombre continuo riéndose y alimentando a la mujer.

El grupo aprovechó la distracción y llegaron hasta la otra esquina del terreno, Darío hizo una pequeña abertura en las bolsas que cubrían el terreno, la calle parecía estar sola, sin rastro de infectados, movieron algunas maderas para poder salir.

Siguieron por la calle empedrada, no pudieron evitar mirar hacia atrás donde se encontraba su casa, las sombras de algunos infectados aún eran visibles.

Noé tomó el hombro de su hermana e hizo un movimiento con la cabeza para seguir caminando con el grupo.

Justo como Maite había dicho, el sol comenzaba a pintar el cielo de un color naranja, con un poco de luz, las heridas de los chicos eran más visibles, además de los rostros y la ropa sucia.

Noé no pudo evitar hacer un comentario para romper la tensión- Vaya paliza que te metiste, en cambio Darío, salió ileso.

Mateo sonrió y movió la cabeza.

—¿Ileso?, ¿De qué hablas? si me duele el cuerpo como si me hubiera caído con él.

—Tenemos que encontrar una farmacia, debemos buscar un cabestrillo para que tu brazo no se mueva tanto- Maite abrazó de un costado a su hermano.

—Maite tiene razón, cerca del parque había una, quizá ahí la encontremos, está dos calles más adelante- agregó Inés

Un olor extraño se percibía en el ambiente mientras más se acercaban a la pequeña plaza.

—¡Demonios, que asco! ¿Huelen eso?- Darío se cubrió la nariz inmediatamente con el antebrazo.

El grupo hizo lo mismo, el olor era cada vez más fuerte. Cuando al fin llegaron al parque se percataron de que el olor provenía de ahí, todo alrededor eran cuerpos en putrefacción, se encontraban caminando entre los muertos.

Los cuerpos sin vida estaban dentro de los autos, sobre las aceras y justo al centro del parque, se encontraban cuerpos de *zombis* colgando.

—Hay que ir rápido a la farmacia- dijo Maite, mirando el lugar.

—Esperen…- Detuvo Inés al grupo, creo que será mejor usar esto, repartió los cubrebocas entre los chicos- esto nos servirá para aminorar el olor.

Mateo se quedó sentado en la banqueta con su prima y su hermana, mientras Noé y Darío buscaban el cabestrillo y cosas que fueran de utilidad.

Maite limpiaba y curaba las heridas del rostro de Mateo.

—Mira nada más, pareces uno de ellos-Mateo hizo una mueca entre risa y tristeza- Tremendo golpe traes en ese ojo, lo tienes rojo y se te está comenzando a inflamar.

—Es cierto, pareces Rocky después de una pelea- agregó Inés.

—Ya, ya paren de burlarse de mí.

—¿De verdad creen que aún encontraremos ayuda?, no sabemos cuánto tiempo lleva emitiéndose ese mensaje- dijo Inés mientras veía los cuerpos colgando de los árboles.

—Hey, mírame. Vamos a estar bien sino es ahí entonces buscaremos otro lugar- Dijo Mateo, colocando su mano sobre el hombro de su prima.

Al otro lado del parque caminaban un par de infectados.

—A veces son tan lentos- expresó Maite.

—Creo que su naturaleza es así, cuando encuentran alguna presa es cuando sus sentidos se activan. Estoy seguro de que el grupo que nos atacó llegó por la falta de alimento, justo como los animales, tienen que ir en búsqueda.

—¿Crees que ya se hayan dado cuenta de que estamos aquí?

—No lo sé- Mateo se quedó pensativo por unos segundos, mientras los veía, el ruido de pasos detrás de ellos, lo hizo reaccionar y miró sobre su hombro.

Noé y Darío llegaron con el cabestrillo y una mochila con cosas que servirían para lo que les quedaba de trayecto.

—Intentamos traer comida, pero la verdad es que no queda mucho- Noé arrojó una lata de fruta a Mateo y este se la dio a Maite.

—Hay que movernos de aquí, el olor me está provocando náuseas- ayudaron a Mateo a colocar el cabestrillo y se fueron.

El panorama en el resto de las calles no cambiaba, el olor a muerte se encontraba en todos los rincones de la ciudad.

Avanzaron hasta la avenida, la imagen era mucho peor, los edificios estaban manchados con sangre, al igual que los autos, vidrios rotos por todas partes, y hojas secas de los árboles que adornaban el camino.

Mientras caminaban, Darío se asomaba por la ventana de los autos.

—¿Qué haces?, aléjate de ahí.- Inés regañaba a Darío.

—No, espera.

—Darío, ¿Qué haces?- Maite dijo en tono molesto.

Darío abrió la puerta de uno de los autos y entró, abrió la cajuela y fue detrás.

—¡Lo tengo!- se notaba feliz.

Le mostró al grupo las herramientas que había encontrado.

—Seamos realistas, nos hemos quedado sin armas, debemos utilizar todo lo que encontremos y a mi esta llave me viene bastante bien.

—El chico tiene razón- Mateo fue con él hacia la cajuela, tomaron todo aquello que pudiera funcionarles.

—Oigan, llevamos diez minutos caminando y el cubrebocas ya me está ahogando- Se quejó Darío, mientras revisaba la cajuela.

—¿Cómo fue que lo aguantaste tanto tiempo Mateo?, Darío de verdad que es quejumbroso- Bromeó Noé.

—Bueno, yo creo que el problema es que nunca pude deshacerme de él. No, es mentira, pero de verdad esta vez le doy la razón, el cubrebocas es demasiado incomodo, con el calor ya siento la nariz reseca.

—Se llama falta de condición física primito- Se burló Inés.

Maite respondió con una pequeña sonrisa.

Mientras Mateo y Darío revisaban algunos autos, Noé se detuvo a buscar señal de radio, pero solo encontraba estática, el canal donde habían localizado la última vez el mensaje no emitía señal. Siguieron avanzando les quedaba poco de camino, el grupo iba callado, cabizbajos y cansados.

Se estaban acercando a una plaza que se encontraba sobre la avenida, cuando Maite tomó del brazo a Noé que iba distraído buscando señal, este levantó la cabeza, ella hizo una señal al grupo y apuntó hacia la plaza. Frente a ella se encontraban al menos una decena de infectados. Los chicos se miraron sin saber qué hacer, ese podía ser el único camino seguro, del otro lado se encontraba una avenida aún más transitada que seguramente estaría infestada y las calles del lugar eran un laberinto que podría convertirse en su propia trampa.

La avenida estaba dividida por una reja metálica, Mateo sugirió ir del otro lado de la reja, así, si los infectados los detectaban tendrían minutos de ventaja para escapar, al menos hasta la siguiente avenida justo donde la reja terminaba. Regresaron algunos metros para poder rodear el lugar.

Mateo era quien los guiaba, para que se ocultaran detrás de los autos. Darío cubría al grupo, mientras Maite vigilaba el otro lado de la calle.

Mateo avanzó hacia el primer auto, detrás de él, Maite e Inés. Esperaron unos segundos y luego hizo una señal para que Noé se uniera a ellos. Darío se detuvo unos segundos para poder seguirlos, corrió agachado hacia donde estaban sus compañeros.

Se encontraban justamente frente a la plaza, ocultos detrás de una camioneta. Mateo se levantó un poco para ver a través de la ventana, dentro de la plaza había más infectados, se alcanzaban a notar varias sombras moviéndose lentamente y algunas otras en reposo. Maite jaló de la manga de su sudadera a Mateo y señaló hacia una de las calles. Infectados se acercaban lentamente a donde estaban, la respiración de Mateo comenzó a acelerarse, se le podía escuchar respirar y su corazón comenzó a latir cada vez más rápido. Con señales, indicó al resto del grupo rodear el auto en el que estaban ocultos, ahora se enfrentaban a dos grupos de *zombis*.

El resto del grupo hizo lo que Mateo les pidió, mientras rodeaban Inés se sentó, se recargó en el auto, colocó las manos en el asfalto y sintió un objeto extraño debajo de su mano. Miró lo que estaba tocando y se encontró con un pie, antes de que gritara Darío se acercó y cubrió su boca, la acercó a su pecho y la abrazó.

—Tranquila, está muerto, ¿Estás bien?- Inés se separó lentamente de él y asintió.

Mateo y Maite se encontraban ya del otro lado esperando al resto. Inés se apresuró a reunirse con ellos, esperaron la señal de Mateo para que Noé pudiera avanzar. Todos miraban fijamente a los *zombis* de la plaza.

Mateo hizo la señal, Noé se levantó para acercarse, justo antes de llegar su pantalón se atoró con la placa de uno de los autos, al tirar de su pierna la placa rebotó con el metal del auto emitiendo un eco en todo el lugar y provocando que los infectados buscaran de dónde provenía el sonido.

Noé al escuchar el sonido cerró los ojos, al instante miró a Mateo intentando disculparse. Darío lo jaló del brazo para que corriera.

—¡Muévete, vámonos de aquí!

Mateo levantó a las chicas y los tres comenzaron a correr. Detrás de ellos un grupo de infectados los perseguía, se escuchaban cristales romperse dentro de la plaza, la valla metálica detenía a algunos que intentaban cruzar.

Maite miró hacia atrás, los *zombis* que habían dejado unas calles antes también se acercaban, Mateo tropezó, Maite intentó levantarlo pero este le pidió que siguiera corriendo, ella se quedó parada dudando.

—Vete, sigue, yo lo ayudo- Darío había llegado hasta donde se encontraban.

Noé tomó de la mano a Maite y se la llevó. Darío levantó a Mateo.

—Vamos Bro, que esas cosas nos van a alcanzar, solo un par de calles más.

Detrás de ellos el sonido de cientos de pasos, gruñidos y quejidos. Los chicos esquivaban todos los obstáculos que tenían a su paso, algunos de los *zombis* se quedaban en el camino al chocar con los autos abandonados, se encontraban a una calle de llegar, pero no podrían acercarse al lugar con todos esos infectados detrás de ellos. Atravesado sobre la avenida, había un autobús.

—Suban ahí-ordenó Mateo.

—¿Qué?, ¿Estás loco?- replicó Inés.

—¡Que suban ahí carajo!

—Pero, ¿Cómo?- Maite no entendía nada.

—Préstame la llave- pidió a Darío.

Quebró el vidrio de la puerta y una de las ventanas, ayudó a Maite a subir hasta la puerta.

—Rápido niña, no hay tiempo, sube a la ventana y de ahí al techo.

Noé y Darío las ayudaron a subir hasta la ventana, luego ellos hicieron lo mismo, solo quedaba Mateo, se quitó el cabestrillo, aún le dolía el brazo, pero lo ignoró, subió tan rápido como el brazo le permitía. En el techo del autobús ya se encontraba Darío con el brazo extendido para ayudarle, Mateo lo tomó, los infectados comenzaron a empujar el camión, nuevamente se encontraban rodeados.

El autobús se movía de un lado a otro, las armas que tenían no les funcionarían para nada. En ese momento Darío tuvo una idea.

—Dame tu mochila-pidió a Noé.

De ella sacó pequeñas botellas de alcohol que habían guardado de casa del abuelo, arrancó un pedazo de manga de su playera, hizo una pequeña mecha y la coloco en la botella, esperó un poco, los demás lo miraban sin entender lo que estaba haciendo, se levantó, uso su encendedor, prendió la pequeña mecha y arrojó la botella contra los infectados que estaban más alejados. Al reventar la botella contra el suelo el alcohol que alcanzó a caer sobre alguno de ellos los hizo arder. El fuego se fue propagando entre ellos, utilizó las demás botellas para hacer lo mismo y así deshacerse de gran parte de ellos, se veían los cuerpos en llamas caminando y otros cayendo sobre el asfalto, el fuego cubría rápidamente los cuerpos putrefactos.

—¡Está funcionando!- gritó alegre Maite.

—¿Cómo se te ocurrió esa idea?- preguntó Inés.

—Recordé que lo había visto en algún lugar- dijo serio mientras miraba los cuerpos en llamas.

Mateo recordó ese día en la preparatoria.

El sol estaba en su máximo punto, el calor era insoportable, el techo del autobús estaba hirviendo y las llamas de los infectados provocaban un mayor aumento de temperatura.

Mateo estaba sentado solo del otro lado del autobús, mirando como dos infectados intentaban atraparlo, mientras estiraba su mano provocándolos. Se colocó unos guantecillos, Maite se acercó a él.

—¿Cuál es el plan?

—Matar- dijo mirándola.

Se levantó y reunió a los demás. Todos lo veían con inseguridad, enfrentarse a ellos nuevamente era arriesgado, la última vez habían perdido integrantes de la familia. El autobús comenzó a vibrar como si estuviera temblando, miraron alrededor, el movimiento no era provocado por los *zombis*. Maite señaló al fondo de la avenida, un par de camiones se acercaba a ellos, se escuchaban disparos provenientes de los vehículos, eliminaban uno a uno de los infectados que se cruzaban en su camino.

Era un camión del ejército con cinco militares sobre él, todos con máscaras de gas cubriendo totalmente su rostro, el camión era escoltado por dos vehículos más, conducidos también por gente del ejército, uno de los militares se acercó a la orilla.

—¿Qué esperan?, suban.

Los chicos se miraron con dudas, Noé asintió, uno por uno fueron subiendo al camión, al subir les quitaron sus armas y realizaron una revisión rápida de las pupilas.

—¿Qué te sucedió en ese ojo? Preguntó una voz femenina, proveniente de la persona que revisaba a Mateo.

—Es un golpe, ayer por la noche caí por las escaleras.

La mujer guardó silencio y revisó una vez más a Mateo.

—¿Te han mordido?

—No, es herida por un cuchillo- interrumpió Darío

—Sube- dijo la mujer después de dudar por unos segundos.

Darío y Maite no podían evitar estar felices, el estar dentro de ese camión les daba esperanza y tranquilidad.

—¿Cuánto tiempo llevaban ahí?- preguntó uno de los militares.

—Quizá dos horas- respondió Noé

—Eso parece, están muy quemados por culpa de este maldito sol.

El camión giró en la avenida principal, Mateo se levantó sorprendido, los demás lo miraron y luego dirigieron su vista hacia donde veía Mateo. Ahí estaba Ciudad Universitaria, rodeada de vallas enormes con guardias vigilando desde zonas más elevadas. Fuera, el lugar estaba infestado de innumerables infectados. Uno de los vehículos se colocó delante del camión, se encargó de eliminar a los *zombis* que se acercaban, luego entró el camión que los transportaba, seguido del segundo vehículo, se cerraron las puertas. Llegaron a un segundo filtro rodeado de costales, detrás de ellos más soldados vigilando, se abrió una segunda puerta, que los llevó a una reja metálica que rodeaba el lugar, pero desde la cual se podía apreciar los edificios de la universidad, parecía estar dividido en dos zonas.

Los dirigieron hacia los edificios, tres guardias abrieron la reja, dentro había varias carpas y grupos de personas que se acercaban a observar a los recién llegados.

Bajaron a los chicos del camión, los llevaron hacia la biblioteca, los ingresaron en diferentes salas, ahí les realizaron una serie de preguntas, tomaron muestras de sangre y antígenos. Luego les colocaron una pulsera con sus datos en la muñeca derecha, este tenía su nombre, tipo de sangre, fecha de nacimiento y fecha de ingreso.

Al terminar las pruebas, les asignaron una carpa a cada uno. Cada una de las carpas contaba con una colchoneta, una cobija, una pequeña mesa y una silla; los alimentos se entregaban a cada una de las carpas en horarios fijos, el uso de cubrebocas era obligatorio en todo momento y al anochecer había toque de queda.

La zona donde se encontraban era la zona de monitoreo, una vez que era descartado la presencia del virus en las personas, estas eran enviadas al estadio y sus alrededores. Dentro del estadio se encontraba únicamente gente del área de la salud que se encargaba de la investigación y creación de una posible cura; militares de alto rango y todo aquel que fuera de ayuda durante la emergencia.

Después de asignadas sus carpas, los chicos se volvieron a reunir y se sentaron a la orilla de una enorme fuente.

—Yo sé que estar aquí es más seguro, pero es igual de tenebroso que allá afuera, con todos usando esas máscaras y trajes- dijo Darío, todos observaron a su alrededor.

—Quizá, pero al menos no tenemos que preocuparnos de ser devorados cada cinco minutos- respondió Maite.

Dos militares se acercaron a los chicos.

—¿Noé Otón?

—Sí, soy yo.

—¿Puedes acompañarnos?

—mmm, sí claro.

Noé siguió a los militares, volteó atrás una vez más y alzó los brazos dudando de lo que estaba pasando, los tres caminaron en dirección a la Rectoría de la Universidad. Pasaron casi cuarenta minutos y los militares regresaron.

—Inés Otón, acompáñanos por favor.

Inés no sabía qué hacer, Mateo le indico que los siguiera, se levantó y fue detrás de los militares

Después de algunos minutos, regresaban ambos escoltados por los militares. Noé se adelantó y habló con uno de ellos, estos miraron su reloj, Noé tomó a su hermana y se dirigieron hacia los chicos.

—¡Hey! ¿Qué pasa?- se levantó Mateo alarmado.

—Nada, tranquilo, está todo bien, no tenemos mucho tiempo, nuestros resultados ya salieron y somos negativos, me han llamado por la aplicación que desarrollé para podernos comunicar. Me llevarán a apoyar al estadio con la gente de comunicaciones, pedí me dejaran llevarlos pero solo me permitieron llevar a Inés por ser familiar directo- Se notaba triste- Pero me han dicho que en cuanto sus resultados salgan los llevarán también para allá y podrán reunirse con nosotros.

Los militares comenzaban a presionar a Inés y Noé.

—Vayan, estaremos bien-Mateo abrazó a sus primos y se despidió de ellos.

Ambos se alejaron junto con los militares. La hora de la comida llegó, cada uno fue en busca de ella, después de algunas horas regresaron al mismo lugar, pero Mateo permanecía callado y solo movía una roca de un lado a otro, Maite estaba preocupada, miró a Darío buscando una respuesta, Darío negó con la cabeza, Mateo permanecía pensativo.

Estaba por atardecer, el cielo comenzó a nublarse, los altavoces del lugar pedía que todos regresaran a sus dormitorios.

Comenzó a llover fuertemente, Darío pidió a Maite que se adelantara y se acercó a Mateo.

—Bro, ¿sucede algo?- detuvo a Mateo.

—¿Cómo qué?- volteó a verlo mientras el agua de la lluvia los empapaba.

—No sé, desde el autobús te noto raro, aislado, tampoco he visto que el estar aquí te anime mucho. Logramos llegar, tu hermana está preocupada, si es por lo de Noé, él ya te lo dijo, van a estar bien.

—No me pasa nada, solo quiero estar solo- dijo molesto.

—Tardaste semanas en llegar hasta tu hermana y ahora que está contigo, apenas y la tomas en cuenta.

—¿Quieres saber qué es lo que sucede?- Gritó Mateo, mientras el agua de su cabello escurría por su rostro, llevó a Darío dentro de su carpa- Esto es lo que sucede- Mateo se quitó los guantecillos y le mostro las manos a Darío, unas manos completamente resecas, como si tuviera miles de diminutas cortadas, su piel comenzaba a caerse. Luego bajó su cubrebocas y le mostró las marcas en su nariz, como si de raspones se tratara, sangre seca debajo de sus fosas nasales.

—¿Qué te está pasando?

—Tú sabes bien lo que está pasando.

La carpa se quedó en silencio, solo se podían escuchar los truenos y el agua caer sobre el techo.

—No, no es posible, en ningún momento te han mordido.

-No fue una mordida, ¿recuerdas lo que nos dijeron? El simple contacto con fluidos también puede provocar contagio.

—Pero...- Darío se quedó pensando y un recuerdo llegó a su mente-Las escaleras.- susurró.

Mateo asintió.-Sí, cuando me cubrí el rostro después de que Armando disparara, la sangre seguramente entró en la herida del brazo.

—¿Es por eso que el derrame en tu ojo también está empeorando?, pero ha pasado mucho tiempo, ¿Cómo es qué...?

Darío fue interrumpido por Mateo- el tiempo es relativo, tú lo viste, en algunos la enfermedad, avanzó demasiado rápido, en mí no, pero poco a poco me siento más cansado, mi vista está empeorando, las heridas en mi piel no sanan, al contrario- Bajó el vendaje del brazo, la piel comenzaba a tener necrosis- ellos lo saben, por eso nos tienen aquí y no del otro lado, solo están esperando los resultados de los exámenes, Darío- lo tomó del hombro- yo no quiero ser uno de sus experimentos .

Mateo saco una pequeña pistola que logró conservar y que escondía debajo de su cobija, la colocó en las manos de Darío.

—No lo voy a hacer-dijo negando con la cabeza y regresándole el arma.

—Sabes que si no lo haces tú, lo harán ellos.

Darío miró el arma y luego a Mateo, volvió a negar con la cabeza y con lágrimas en los ojos. Mateo tomó la mano de Darío que sostenía el arma y la colocó en su frente. Darío cerró los ojos, y giró la cabeza hacia otro lado. Se escucharon disparos fuera, el muchacho abrió los ojos, Mateo volteó hacia la puerta y comenzó a sonar la alarma de alerta. Los disparos se escuchaban cada vez más cerca, acompañados de algunas explosiones, ambos salieron de la carpa, Maite se reunió con ellos, sin saber lo que estaba pasando; la lluvia había disminuido, todos los vehículos militares iban en dirección a la entrada, la gente salía de sus carpas; la reja que rodeaba el área de monitoreo, estaba cubierta por una barrera de soldados, todos armados y listos para atacar.

El cielo tomó un color rojizo, cubierto al mismo tiempo por nubes, toda la gente se encontraba confundida, pero era evidente lo que estaba pasando. Al fondo se veían explosiones, salía humo desde uno de los puentes, soldados se movían en todas direcciones cubriendo el perímetro de la zona, miraron hacia la entrada, el ejército comenzaba a retroceder, los soldados que formaban la valla humana comenzaron a disparar, la cantidad de infectados los superaba, todos los soldados eran atacados; los infectados llegaron a la reja, comenzaron a empujar con fuerza y se arrojaban contra ella.

—Darío…

—¿Qué?

—¿Tienes el arma verdad?

Darío afirmó.

—Vámonos de aquí- Mateo tomó la mano de su hermana.

Los tres corrieron en dirección contraria, tenían que encontrar una salida. A lo lejos vieron más soldados retroceder, los *zombis* habían logrado derribar una de las vallas metálicas, todos entraban rápidamente y comenzaban a atacar. Detrás de ellos se escuchó un fuerte golpe, la reja también había sido derribada, toda la gente y soldados corrían chocando unos contra otros, en los altavoces se escuchó:

*"Se inicia plan de evacuación, a todo el personal, médico y militar se le solicita su apoyo para evacuar a los ciudadanos, favor de dirigirse a la facultad de derecho para realizar la evacuación."*

—Vamos.

Disparos y explosiones se escuchaban por todo el campo, los chicos seguían corriendo, infectados entraban por todas partes, atacando a todo aquel que tuvieran de frente.

Las municiones del ejército se estaban terminando, la entrada a la facultad se estaba saturando. Al llegar al estacionamiento los militares pedían únicamente dar paso a las mujeres y los niños.

—Tienes que irte- ordenó Mateo a Maite.

—No, no me voy a ir, yo me quedo con ustedes.

—No seas necia tienes que irte.

—Maite, tu hermano tiene razón, sube a esos camiones nosotros vamos a estar bien y a donde sea que te lleven seguro nos llevarán a nosotros también.

—No, no me voy a ir- Maite comenzó a llorar.

Seguían los disparos y gritos dentro de la facultad. Todos comenzaron a subir a los camiones, militares, médicos, hombres y mujeres todos buscaban salvarse.

—Llévatela- Pidió Mateo a Darío.

—¿Qué?, No te voy a dejar aquí.

—¡Llévatela ya!, ¡Váyanse!, sabes que no puedo ir con ustedes.- dijo mientras lo miraba fijamente- por favor, cuídala.

Darío asintió

—Maite, no tengo tiempo para explicarte, pero en su momento Darío lo hará, ahora necesito que te vayas con él- Mateo se quitó un anillo que llevaba al cuello con una cadena y se lo dio.

—No, ¿por qué?, ¿Qué estás haciendo?- Sujetó del brazo a Mateo, Darío la abrazó y se le llevó por la fuerza- ¡prometiste que nunca me ibas a dejar sola! ¡Lo prometiste!- gritó Maite.

Mateo vio cómo se alejaban y subían a uno de los camiones. Fue interrumpido por una fuerte explosión cerca de donde se encontraba, que aturdió sus oídos, los cubrió con sus manos, levantó la cabeza y los vio, los infectados estaban ahí; salió corriendo del lugar, tomó el arma de uno de los soldados que se encontraba muerto en el suelo, *zombis* corrían detrás de él, su vista era borrosa, solo distinguía siluetas corriendo a su alrededor. Estaba atravesando nuevamente el campo cuando una granada explotó justo detrás de él.

Todo se oscureció, Mateo intentaba abrir los ojos lentamente, podía sentir y escuchar su corazón latir fuertemente. Volvió a cerrar los ojos, los abrió nuevamente. Escuchaba su respiración acelerada, algunas sirenas cerca de donde se encontraba, sus ojos se cerraron. En su mente apareció un recuerdo de cuando era niño, jugando con su hermana en la alberca como si fuera una película vieja mientras una lagrima recorría de su rostro. Volvió a abrir los ojos, las imágenes eran borrosas, sombras corriendo por todas partes, su mente no lograba concentrarse, recuerdos seguían atravesando su mente, los rostros de sus padres, su familia y sus amigos. Aún se escuchaban disparos, gritos y su corazón iba cada vez más rápido. No podía distinguir entre la realidad y sus recuerdos, en un segundo, todo quedó en silencio...

Mateo solo podía escuchar su corazón latir fuertemente, una sombra se acercó lentamente a él. La figura de Nicole apareció. Mateo no pudo emitir palabra al verla, aunque lo intentó. Ella estiró su mano para ayudarlo, él levantó la suya en respuesta, tomó su mano, Nicole sonrió y en ese momento el corazón de Mateo se detuvo.

www.ingramcontent.com/pod-product-compliance
Lightning Source LLC
LaVergne TN
LVHW091601060526
838200LV00036B/937